或許總要經歷風雨才能看清，原來早就有個人，
一直在身邊，為你擋風遮雨。

網路小
Novel@

青春光年三部曲之

雨停了就不哭

最具爆發力的網路人氣王 穹風 著

為了忘掉傷透心的記憶，為了證明幸福還會來臨，
我不斷前進，頭也不回地追求新的愛情，卻從此迷
一路跌跌撞撞後，直到聽見你仍微笑著安慰我：
別哭，雨停之後，
我才終於明白，什麼是最該緊握手中，好好珍惜的

雨停了就不哭

雨過天就晴，多麼自然的常理哪，你說。
盤桓歲月裡始終無法揚棄的緣分一如海潮鹹味，如此包圍。
那段青春沒有適足以代的旋律，卻在島嶼之西留下足跡。
黑白琴鍵般錯落而不離不棄在寂寞的青春光年裡，
不哭，雨停之後。

01

從校門口出來，步上陸橋，底下是車速甚快的大馬路，九月炎夏裡曬得一切彷彿都蒙罩上一層縹緲的熱氣，抬頭是沒有一點纖細雜質的湛藍天空，沒有飛鳥，沒有浮雲，只有徹徹底底的藍色。在陸橋上遠眺，兩邊的路面都無止無盡地延伸，一頭往台中市去，另一頭則往海的方向。我還沒去過，不曉得這裡的海洋會是什麼顏色，跟我們基隆看到的海比起來更藍嗎？

下了陸橋，不到數十公尺就到租賃的宿舍。剛剛把行李丟進去後，迫不及待先走上陸橋，過來看看校門口，看完後又回來。站在宿舍外，兩手扠腰，往二樓我房間的窗戶看了一眼，如無意外，接下來這房間我會住上三年吧，因爲二技的夜間部得讀三年，而我可不想經常搬家。

沒上樓，我順著巷子，慢慢走往沙鹿鎮市區去。系學會寄來的介紹單上附了一張地圖，看來從這兒到火車站並不遠。沒想到紙上十公分不到的距離，實際上讓我頂著大太陽走了半小時，我依然沒看見地圖上標示的光田醫院或消防隊。汗流浹背也頭昏眼花時，我停下腳步，開始質疑這張地圖的眞實性。我一回頭，碰巧後面騎過來一部機車。伸手攔下，車上是一對看來非常甜蜜的小情侶，女孩的手在男生腰上抱得好緊，絲毫不受大熱天的影響。向他們問了路，騎車的男生告訴我，從我們學校到沙鹿火車站，騎機車大約只要十分鐘，走路可得走上好半天，從這兒步行過去，至少還得半個多小時。我在心裡罵了一個「幹」字，早知道剛剛應該上樓換鞋的。穿著有點跟，腳踝處還綁帶的楔形鞋，才走這段路就感到腳底板隱隱作痛，走完全程的話，我腳沒斷也先中暑了。

跟那對小情侶道過謝，躊躇了一下，我選擇繼續前進。反正都已經走了快一半，回頭也是受苦受難，還不如撐到車站，至少可以在那裡領到托運的機車，再愉快地兜風回來。只是在得知這段路還頗遙遠後，我就感覺腳步益發沉重，不只腳底板，現在我連腳踝都被鞋帶纏得發痛。

又走了好一段，遠遠地，我看見剛剛那對小情侶的機車迎面又騎回來，不過現在車上只剩那個男生，仔細一看，他其實還挺帥的。

「要不要我載妳？」那個男生親切地問我。

「你女朋友呢？」我愣了一下，沒想到他這麼快又騎回頭了。

男生告訴我，他剛剛把女朋友送回宿舍，想說我這一路不曉得要走多久，所以決定回頭過來看看，如果我還在路上龜速前進，他可以送我一程。

很想答應，因爲我確實已經走得汗如雨下。就在要點頭的剎那間，我卻好像從那男生的眼裡看出了一點不單純。這種感覺不知從何而來，只覺得他臉上表情似乎隱藏著一種詭異，又帶著一點急切，不像單純只是好心讓人搭便車。這感覺在心裡一閃而過，隨即帶起的卻是另外一段回憶。不曉得別人怎麼樣，但我這方面的第六感向來都很準確。

「不用了，沒關係。」我笑著對那男生說：「你還是回去陪你女朋友就好，我覺得這樣走路也很舒服呢。」

今年四月，當我五專畢業在即，正在北部幾個學校當中舉棋不定，不知該去哪裡念二技才好時，幾個姊妹們建議我不妨問問男朋友的想法，或許挑個近一點的，以後要約會也比較方便。

那天，我記得是個陰雨綿綿的日子，騎著機車在基隆市狹窄霉暗的街道裡轉了轉，要去找我那個還在當兵正休假中的男朋友。一個男朋友交往了兩年，起初什麼都很順利，但後來我那要命的第六感發作，就常常察覺他有怪異的舉動：接電話時刻意走到戶外、手機裡的通訊紀錄永遠刪得一乾二淨，原本我還寄望他退伍後會正常點，沒想到那天一開門上去，竟看見他跟另一個女孩抱在一起，兩人躺在床上，除了棉被，我沒看到他們身上有任何衣物。

所以最後我決定考個很他媽遠的學校，以免哪天在基隆市遇到他們時，會忍不住親手宰了這對狗男女。

不曉得爲什麼，剛剛那個男生忽然讓我聯想起這段已經過去大半年，卻還記憶猶新的往事。我低頭繼續往前走，在兩條腿就快斷了時，終於遠遠看見沙鹿鎮上很有名的光田醫院。僥天之倖，總算距離火車站不遠了。

四月那件事讓我低潮了一陣子，除了漫畫店打工要維持收入而不得不去之外，能蹺的課幾乎都蹺了，哪裡也不想去、什麼都懶得做。要不是我們老大的一句話，我差點連二技考試都要放棄了。她長得很高䠷、俊挺，當女人實在可惜。有一天，她一腳踹開房門，把我從床上拖下來，用一貫凶悍的語氣說：「這個死痲雀，都什麼時候了！還不給我下床念書？多少人打了幾天電話給妳都不接，非得老娘蹺課親自來找人。妳知不知道台南離這裡多遠，搞什麼失蹤呀？」

「我沒有失蹤呀，只是手機關機一個星期，不想講話而已嘛，失戀的人最大呀。」

「大個屁！沒有男人妳會死嗎？」韻潔大我一屆，從國中時就是我們這群人的頭頭，現在在台南讀法律，不過她老爸卻是基隆的黑道老大。傳承了一貫的家風，韻潔全身散發大姊頭的氣勢。她一腳踩住還想爬回床上的我，大聲地說：「全世界都以爲妳自殺了，我說這怎麼可能！」然後又拉著我的頭髮，將我硬生生拖離床邊，也不管我身上其實只有一條內褲，粗魯火爆地把我推進浴室去，氣急敗壞地說：「失戀有什麼了不起，媽的，我鍾韻潔的臉都被妳丟光了！」

「我沒失戀！是我甩他的！」我尖叫。韻潔扭開蓮蓬頭，居然直接往我頭上沖水。

「都一樣啦！聞聞那是什麼味道！臭死了，到底幾天沒洗澡了妳？」我猜她根本連看都沒看，隨手抓起角落的瓶瓶罐罐就往我頭髮上倒，洗出泡沫時，我聞到洗碗精的味道。

那是我最近一次遇到韻潔，可是這之後的半年，她幾乎每天打電話來，問我吃飯沒有、洗澡沒有、讀書沒有。法律跟護理完全不同領域，不像以前國中時，她可以在課業上處處幫忙。憑著多年來的交情，即使不面對面，我也了解她的心意。國中的好朋友中，除了她，就屬小紫跟我最好，所以儘管遠在台南，韻潔還是交代了人也在北部的小紫，一天到晚關切我的生活。多虧了她們，現在我才能夠在這大太陽下，像白痴似地從弘光科技大學一路走到沙鹿火車站去。這距離究竟多遠我不確定，只知道是那種走起來會讓人很想死的感覺。

一邊走的同時，四處張望著陌生的小鎮風光，我一邊想起很多往事。那幾年在基隆，以韻潔爲首，我們習慣窩在八斗國中的天台上看海。她跟學校裡一群軍人子弟們向來不對盤，什麼都要爭，尤其是跟她同屆的韓文耀，爲了課業、面子，還有韻潔她老爸的地盤，甚至爲了小紫跟韓文耀的死黨，那個一臉邪氣的梁子孝談戀愛的事，多少次幾乎大打出手。這些年來，風波慢慢過去，大家都走在自己的路上，碰面機會少了，衝突也少了，看著每次都跟小紫一起出現的梁子孝，我似乎也習慣他的存在了。

偶爾，我會想起更久更久以前，有過那麼一次，在八斗子漁港邊的度天宮，韻潔跟韓文耀又起了衝突，梁子孝還在一旁搧風點火，她握起拳頭正想上前找他們理論，我跟小紫在一旁完全束手無策時，有個莫名其妙的老人，對著我們六個人說了幾句話，化解了那一場緊場氣氛。他說我們都是人中龍鳳，能聚在一起也算是緣分，只是這緣是好是孽，都要靠自己去掌握。往事都已遙遠，我的記憶卻異常清晰，就好像前幾天才發生過的一樣。

從車站前的托運站領回機車，戴上安全帽，騎了一小段，就在路口的屈臣氏停下。原本想進去買點日用品的，結果才剛熄火，口袋裡卻震動起來，是個很蠢的傢伙打來的。他以前是韓文耀的嘍囉，每次這群男生跟別人打架，第一個衝出去的都是他，每次打完，被扁得像豬頭一樣的也是他。其實我覺得他是個好人，只是有點笨而已。很多年前，小紫就說這個男生喜歡我，已經到了司馬昭之心路人皆知的地步。

我當然也清楚，只是一直沒給他回應，因為我不想跟豬頭在一起。後來在我專三結束前，豬頭考上台北的大學，我也交了男朋友，兩個人幾乎斷了聯絡，沒想到現在他竟然打電話來。

「嗨，豬頭……」心直口快，我不小心脫口而出。

「豬頭？」電話裡那個男生疑惑了一下，隨即大聲叫著，「什麼豬頭！我是阿虎啦！」

「就是豬頭嘛。」我笑了起來，問他找我什麼事。

「妳不是考上弘光嗎？應該已經到台中了吧？我想問一下，妳知道沙鹿火車站距離靜宜大學多遠嗎？如果用走的，會不會走很久？」

「從沙鹿火車站到靜宜大學？你要知道這個做什麼？」一愣，想起剛剛在被我丟進車站垃圾桶的那張地圖上看到，靜宜大學就在我們弘光隔壁。他問這個要幹麼？阿虎故作神祕，對我的問題避而不答，只一直問我距離究竟遠不遠。

「是你要走嗎？」我感覺自己臉上泛過一道邪惡的光。

「對呀對呀，我現在正在火車上，大概再過二十分鐘就到站了。」電話中，他的語氣聽起來很開心。

「嗯，那我告訴你，千萬別搭公車或計程車，用走的就好，非常近，就像兩個眼睛之間的距離一樣近。」我笑著，但語氣非常認真，反正他喜歡搞神祕，那就讓他嚐嚐搞神祕的代價。我祝他好運，然後掛了電話。

當年，度天宮裡那次三對三的對峙中，女生這邊是韻潔、小紫跟我，而劍拔弩張的男生那邊，則有韓文耀、梁子孝，還有這個骨瘦如柴又奇蠢無比的崔傑。他給自己取了個挺威風的外號，叫做阿虎。

緣分是一種奇妙的鍵鏈，人在，它就在。

02

九月天，還算盛夏的午後，走在全是上坡的校園裡，我喘著氣，「我實在想不出什麼好理由可以解釋這一切，爲什麼我放著自己宿舍裡的一堆東西不去整理，跑到這邊陪你逛校園？而且逛的還不是自己的學校！」我擦擦額頭上的汗水，一抹就抹掉了一片粉底，眞要命。

「在家靠父母，出外靠朋友嘛。」喘著比我還要大口的氣，阿虎說。這種大熱天還穿著長袖上衣跟背心，他看來快要中暑的樣子。「幸虧文學院是離校門口最近的第一棟，不然還得走更遠。」他說。

我呼了一口長氣，用快死的微弱眼神瞪他一眼。早知道不該那麼無聊地惡作劇，他從火車站一路走回來的途中，有間便利商店，就在學校對面，算是這趟路必經之地。騎著機車，我窮極無聊地想看看被惡整的阿虎會有什麼表情，所以車停在店門口，買了本雜誌，就坐在店外等，大約一個小時後，滿頭大汗的阿虎才揹著行李慢慢走到。我才笑不到一分鐘，就差點被他活活掐死，聽他埋怨了一頓，還被逼著非得陪他來逛校園不可。

學校看起來不大，可是沿山而建，每段路都是坡。我們氣喘吁吁地走到文學院，因爲還是暑假期間，大概暑修課程也已經結束，所以根本就大門深鎖，等於是白跑一趟。

「他媽的。」站在文學院老舊的白色建築外，阿虎啐了一口。我搓搓已經發軟的雙腿，對他說：「拜託你行行好，身上的衣服脫幾件下來吧！你還沒熱死，我看得都快中暑了。」

在文學院旁的吸菸區小歇片刻，阿虎點了根香菸，嘴裡喃喃碎語，說未來三年每天都得爬這些坡，這種日子有多可怕，又說如果早知道這兒的地形，當初轉學考就不會這樣選擇了。現在看到這種上坡路，他開始有一種自己以後會蹺很多課的預感。

我冷笑，連調侃的力氣都沒了，只用一個笑來鄙夷。阿虎還說個不停，「不過呢，我是覺得，一個人應該給自己更多歷練的機會。老是窩在基隆，每天遇到的人、看到的東西都差不多，老朋友也是那幾個，生活一點變化也沒有。所以我才打算離家遠一點，讓自己開開眼界，到陌生的環境來也好。」

「嗯哼。」無意識地從喉嚨裡發出一個沒意義的聲音，表示我聽到了。

「不過當然，一個人不可能把自己放逐到一個完全陌生的世界裡重新開始，這樣太違背人性也太嚴苛了，要是能夠有一兩個老朋友互相幫助、互相照應的話是最好。我是這樣想的，才決定以台中作爲重新出發的舞台。我也有一些認識的朋友在台中市，可是我對市區那種熱鬧擁擠的生活不感興趣，所以才選擇來沙鹿。」

天啊，怎麼可以這麼長舌？我瞥一眼，想確定他到底是不是個男人。算一算，認識阿虎至今快要八年了，以前雖然他是韓文耀的小跟班，跟我們有一陣子都處於敵對狀態，但五專時我在基隆市的漫畫店打工，他很常來光顧，當時也不覺得他有那麼囉唆呀！難道時間眞的會改變一個人？

「幹麼？」阿虎忽然停下了絮絮聒聒的碎碎唸，發現我用不解的眼神在看他時，他也用納悶的表情看著我。

「你知道我的外號嗎？」

「當然知道啊，一張嘴永遠停不下來的人，妳這隻死麻雀。」他笑了一下。

「我很想把這個外號讓給你，可是想想又不太對，因爲這樣簡直是侮辱了麻雀。」我拍拍他肩膀，站起身來，「而且麻雀的程度根本比不上你，你以後也別叫做阿虎了，改叫蒼蠅吧。」

老朋友的好處，就是可以肆無忌憚地開玩笑，沒有隔閡。而我也知道，儘管已經是很久以前的事了，但阿虎曾對我暗示過很多次，只差沒開口告白。更由於這個緣故，我覺得可以不用太避諱，畢竟我對他只有好朋友的感覺。既然是好朋友，就更應該把眞正的自己展現與發揮出來，讓他知道也看到，我不見得符合他想像中的那樣子，我只是被我媽取名叫謝宛莉，一個名字跟個性都非常普通的女生而已。

離開文學院，就在學校裡逛逛，阿虎很想去學生活動中心看看有沒有可以參加的社團，我一心只想找部自動販賣機買瓶水喝。走著走著，他問我爲什麼會選擇台中的學校。

「沒有你那麼偉大的志向。我只是考上就讀而已，哪有爲什麼。」我說。

「沒有其他理由嗎？」

搖頭，我不想把四月間分手的事拿出來說。那件事知情者不多，韻潔她們不是愛嚼舌根的人，而且我也不希望阿虎因爲我分手了，就重新又燃起什麼希望，大家還是當當同鄉來的老朋友就好。

「那妳男朋友呢？」

「現在沒有。」我很直接地回答，語氣明快，示意我不想在這問題上多談。

他「喔」地一聲，沒想到又接著問：「可是妳以前在基隆的時候不是有一個？」

「分手了啦。」有點無奈，沒想到他居然會這樣問。

「那之後打算再交一個嗎？」阿虎不知道我心裡那些曲折拐彎的想法，很白目地繼續追問。

「目前不打算。」我又一次斬釘截鐵地回答。

他又「喔」地一聲，再問：「可是如果有人追呢？」

走在熱得要死又半點風也沒有的校園裡，我終於覺得不耐煩了，「你他媽的到底有完沒完呀，這種事是看緣分的嘛，我哪知道以後會怎樣？」

「人本來就應該對自己的人生做好規畫的呀。」

「如果你眞的很會規畫，那今天就不會在台北念大學念到差點被三二，還急急忙忙趕在被抓去當兵前辦休學，又參加轉學考，大老遠地跑到台中來混了，規畫？規你娘啦！」我終於罵髒話了。

被堵得語塞，阿虎總算願意乖乖閉嘴。這個人其實我算是很了解他了，從以前到現在，他總愛逞強逞威風，不肯有半點示弱。遇到搞不定的事，除非迫不得已，否則也不輕易開口找人幫忙，這些都是好事，偏偏發展過頭，就變成死要面子。雖然專科時我忙著自己的事，倒也從朋友間輾轉耳聞，他本來成績就比不上同一群的韓文耀跟梁子孝，大家後來讀的學校科系都不同，他的課業撐不下去時，老朋友幫不上忙，同學也愛莫能助，搞到最後因爲成績不佳而休學。

走到禮堂附近，隱約聽見傳來電吉他正在練習的聲音。我們想去參觀看看，卻不得其門而入，根本搞不清楚門口在哪裡，結果逛到學生活動中心的地下樓來，這裡有一堆社團辦公室還有書店。阿虎對書店視而不見，他比較有興趣的，是書店外的走廊上，配合著強力重節奏正在練舞的一群女孩們。

「所以你現在念什麼系？」

「台灣文學呀，應該是可以輕鬆過關的系了。」

愣了一下，怎麼看，我都不覺得眼前這個人跟「文學」扯得上邊，問他台灣文學的代表人物是誰，他想了想，居然跟我說：「魯迅。」

「但願你真的可以順利過關。」我苦笑，如果魯迅可以代表台灣文學，我大概已經拿到諾貝爾文學獎了。我拿他沒轍，也對那群女孩沒興趣，就逕自晃到角落，那邊的飲料販賣機倒是吸引了我的目光。

自動販賣機裡有各式各樣的飲料，偏偏就是沒有礦泉水。我摸摸口袋裡的銅板，不知道該選什麼好，結果阿虎也晃了過來，他投了二十元零錢，直接按了一瓶可樂。「鏘」地一聲，飲料落下，拿出來時居然是桂圓紅棗茶，而且還是熱的。

「噗！」我忍不住大聲笑了出來，這種事不稀奇，但發生在他身上就特別好笑。看著阿虎罵了一句髒話，我決定改選別的，按鍵一按，很正常地落下一瓶我點選的檸檬茶。

「再一次。」他一咬牙，又投二十元，結果還是掉出桂圓紅棗茶。

我笑得腰都快斷了，也跟著又投一次，這次我想試試看，於是按下桂圓紅棗茶的按鍵，非常有趣地，掉下來的就是可樂。

「他媽的，這是怎麼回事！」阿虎眼珠子差點沒掉出來，當場破口大罵，氣得朝著可樂的按鍵捶了過去，一連幾拳打得砰砰作響，結果「鏘」地一聲，掉下來的，還是桂圓紅棗茶。

「老天爺這樣安排，你就這樣接受吧。」那群練舞的女孩們在旁邊看戲，個個笑得花枝亂顫，我更是笑得連眼淚都流下來了。

老天爺這樣安排，所以我們在他鄉重逢，所以你非得喝桂圓紅棗不可，而且還是熱飲。在這九月天裡，一次三瓶。

03

從基隆帶來的家當並不多，也不過幾件衣服跟一些簡單的東西。新建的宿舍，米白色牆面清新平整，可以眺望遠方的窗子，還有讓人覺得空虛的擺設。

「所以妳就跑回來了？」小紫用詫異的眼神看我，說：「這怎麼聽都覺得牽強呢。」

我嘻嘻笑著，當然拿東西只是個名堂而已，眞的缺什麼，一通電話就可以請我媽寄來。大老遠跑回北部，主要還是因爲台中新生活的無聊。約在公館商圈的咖啡店碰面，小紫在附近念書，梁子孝就在這家店打工。

「你們這種人不會明白的啦。」我指著剛剛送飲料過來時，臉上帶著溫馨與甜蜜，現在已經走回吧台去工作的梁子孝，對小紫說：「你們一天到晚膩在一起，哪知道我們這種孤家寡人的心酸，還有孤枕獨眠時的寂寞。」

「會無聊嗎？阿虎不是千里尋妻去找妳了？」

「他喔，我看就算了吧。」嘆一口氣，我說。

咖啡店裡，有輕靈的爵士樂環繞。早到的我選擇了吸菸區的位置，點起一根薄荷菸，煙霧瀰漫處，勾勒起很多往事的同時，我仔細端詳了一下小紫的臉，認識這些年，歷經了許多風風雨雨，她臉上多了幾分成熟，反觀我自己，好像沒什麼變化。

「幹麼一直不給他機會呢？」

「第一，認識太久就沒感覺了，從國中到現在八年有了吧？我連他用哪一隻手指摳鼻孔都知道，跟這種人談戀愛有什麼新鮮感？」伸出手指，我一一細數，「第二，雖然我認爲外表不那麼重要，至少也要是可以依靠的樣子。阿虎那種大熱天還穿著長袖衣服加背心的瘦皮猴樣，好像一陣風來就被吹走了，到時候還不知道是誰照顧誰。第三……」

「人生本來就充滿了各種意外嘛。」小紫打斷了我的話，笑著說。

「意外分成兩種，我很歡迎帶著愉悅驚喜的意外，但是掉進地獄的那種還是免了吧。」一樣是笑，不過我笑得很苦。

「多往好處想，就會發現他的好了。」小紫若有深意地笑著，「妳知道現在全台灣有多少大學嗎？他轉學考哪裡不好去，偏偏要考到沙鹿，還選在妳隔壁的學校，那是爲了什麼？」見我沒有回答，小紫又說：「愛情是需要一點意想不到的觸發的，就像以前我跟梁子孝一樣呀，或許……」

「這個或許對我而言最好永遠不要出現，」還是苦笑，我輕輕揮手打斷了她的話，「我這個人比較膚淺，不太愛用腦袋，心臟也沒有很大顆，恐怕承受不了那麼多戲劇化的人生。而且最重要的是，如果要挑個對象演對手戲的話，我真的不希望那個人是阿虎。」

小紫微笑著點點頭，不再多說。

果不其然，回基隆也沒多拿什麼。自從爸爸過世後，老媽的生活比我還簡單，家裡多餘的東西本來就不多，能帶走的當然也很少。搜刮一整晚，也不過整理出幾件衣服跟一些唱片，看樣子窩在台中的宿舍會無聊到死。臨出門前，最沉重的行李，竟然是老媽幫我準備的一大袋水果。

我搭上客運，把水果塞進背包，抱在腿上，而衣服跟一些隨身的雜物就用手提紙袋裝好，擱在腳邊。昨晚看電視看太晚，整天都精神不濟，一上車就昏昏欲睡。兩個半小時過去，再睜開眼睛時，矇矓間發現居然已經抵達台中。客運駛入車站，身邊的乘客紛紛起身，我才趕緊伸手抹去了嘴角一點點險些流出的口水。

正是夕陽西垂時分，昏沉沉地走出轉運站，步行一段距離，機車就停在路邊，眼前是巴士進出頻繁的車站，一大堆綠色的客運車來來去去。我戴上安全帽，揉揉還睜不太開的眼睛，坐上機車，正想發動它時，心裡忽然一愣，低頭，看見腳踏墊上剛剛放下的一大袋水果，至於另一袋……

「幹！」大叫一聲，我整個人都傻掉了，那個提袋裡除了衣服，還有最重要的皮夾，放有證件跟一大筆準備付房租的現金。

這下怎麼辦？我連安全帽都來不及脫下，把那袋重得要命的水果又扛回肩上，急忙往車站裡狂奔而去。剛剛的巴士停在哪一個月台？車號幾號？在車上剛睡醒時，恍惚中我還聽到司機在車內廣播，說本車在中港轉運站只停留幾分鐘，旅客們可以下車休息片刻，接著還要繼續出發往高雄，提醒前往高雄的乘客別忘了車號……我的老天爺，那車號到底是幾號？

衝進車站，幾乎每個月台都有車停靠，哪一部才是我剛剛搭乘過的？又是茫然又是驚慌，我一個一個月台看過去，仔細觀察，然而它們長得幾乎都一樣，那些站在車門附近抽菸的旅客，每個都是木然的表情，更該死的，是此時陸續有幾部客運正緩緩退出月台準備上路，當然也有車子一一開進來，幾進幾出之間，我的視線更亂了。

慌亂中，我轉身急忙跑到售票櫃檯，把這個烏龍告訴他們。售票小姐眉頭一皺，問我裡頭是否有重要東西。

「當然呀，不然我幹麼急著找？」眞想破口大罵，問這有屁用？售票小姐倒是一臉鎭定，好像這種狀況已經司空見慣似的。她先查詢一下車輛進出的紀錄，然後才慢慢起身走出售票口，甚至還好整以暇地跟另一位站務人員寒暄了幾句話。

我很想催她快一點，可是又覺得不禮貌，見我焦急的模樣，那小姐居然對我說：「不用擔心，如果車子已經開走了，我們可以查一下，聯絡司機先生，請他抵達高雄後，幫妳把遺失的行李收好，再由高雄那邊寄回來即可。」

「那萬一在司機找到東西之前，就已經先被其他人拿走了怎麼辦？」我覺得這是很符合常理的考慮，沒想到小姐居然非常哲學地對我說：「喔，人性險惡與否的問題，就不是我們所能照顧到的部分了喔。」

如果可以，我很想從背包裡掏出那堆水果，一一往那小姐的頭上砸。當她帶著我走到月台邊時，恰好有車停進來，她指著剛完成掉頭，正準備往大馬路開過去的另一輛客運，說：「應該就是那一部，哎呀，可惜，慢了一分鐘……」

當下還有什麼好遲疑的？我沒理會那位小姐的阻止，拔腿就往前狂奔，不管外頭空地上有多少大巴士正在迴車或進出，也無視站務人員對我猛吹哨子，穿過車陣，我直奔過去，就在幾乎要追到車尾邊時，它也剛好轉了個彎，上了馬路。

「等一下！」扯開喉嚨叫破嗓子也沒用，那輛車的煞車燈熄滅，已經離我而去。

「妳需要幫忙嗎？」我只覺得心都死了，眼淚差點沒流下來，正想多看一眼它的車牌號碼，準備祈禱那車上的每個乘客都是拾金不昧的好人時，旁邊有個男生用很疑惑的語氣問我。

「快！追上去！幫我追到那輛巴士，我把這袋水果都給你。」抖了抖還掛在我背上那一包重得要死的水果，我垂頭喪氣，但又像溺水者抓到一塊浮木般充滿生機地說。

「我不要水果，我想要妳的電話號碼，可以嗎？」拿著我的失物回來時，阿布這樣說。

04

好端端的九月底，原本都是晴朗的好天氣，開學的第一週非常悠閒，白天在床上可以無止盡地賴床睡覺，晚上就到學校去輕鬆應付幾個小時的課。但在我要打算物色幾個工作時卻開始下雨，接連幾個颱風把整個中台灣刮得東倒西歪。是不是非得這麼不順呢？站在窗邊，看著外頭馬路上依舊濕漉漉的，而遠遠的天空還整片陰雲，有種坐困愁城的感覺。

好像從來到台中後就意外不斷，幾天前在統聯車站耍的大烏龍，多虧那個叫阿布的男生幫忙，我跳上他的機車，他風馳電掣地追了一段，才把客運攔下來。然後我上車去找東西，他負責替我被司機先生嘮叨。

繳清房租後已經沒什麼閒錢，我翻翻報紙想找打工機會，但每個薪資優渥的工作都是夜班，跟上課時間衝突。後來一通電話問到酒店去，想碰碰運氣，搞不好晚上十點過後還可以去當端盤子的小妹。結果那個接電話的人居然對我說：「大學生當小妹不是很可惜嗎？妳聲音不錯聽呀，要不要考慮乾脆來當坐檯小姐，還可以賺更多喔！」二話不說，我決定掛電話。

所以是不是應該認命一點，去找白天的工作呢？五專時已經考到護士跟護理師證照，其實可以到診所去應聘，也可以直接到醫院去投遞履歷。開學後才發現，班上同學有將近一半都已經投入職場，甚至還有已經當了護理長的。坐在座位上，看著這些年紀都比我大上一截的同學，我在想，難道這就是我以後的樣子？眞可怕，護理工作眞的可以做一輩子嗎？過去的實習中，在醫院裡聽過很多護理人員都有類似的看法，大家似乎只把這一行當成階段，有些人三五年就改行，有些長一點的則大約十年左右。當個小護生忙東忙西地學習時，我就曾有過這種疑慮，難道我們花了將近十年的學習時間，到頭來居然只做那短短幾年？那我們學這些到底有什麼意義？看著好幾位已經當了媽媽的同學，她們一定也很辛苦吧？白天上班，晚上上課，她們可以撐多久呢？胡思亂想到睡著，我的注意力完全不在藥物學那些解釋名詞上，就這樣睡掉一節課。

「一學期只有十八個學分？你是哪門子的大學生啊？」我咋舌，一個學分是一個小時的課，所以阿虎這個學期每一週上課總時數只有十八小時。放學時他傳簡訊來，約在東海大學附近的小酒館閒坐。

「我有很多事要做呀。」他說得煞有其事，「要去社團，還要去轉學生聯誼會，很忙的呢。」颱風後，天氣已經放晴，雖然是晚上十點多，但依舊悶熱難當，可是阿虎居然穿著外套，猥猥瑣瑣地縮在椅子上抽菸。

其實我自己也不是什麼認眞的好學生，不過至少這些年來的課業成績都不太差，該修的學分也沒少過。雖然阿虎說了，台灣文學不過四百年歷史，可是我相信它既然可以成爲一門科系，一定有值得花費心思的地方。一個學期只有十八學分，到底能學到多少精華？

「妳呢？沒有參加社團嗎？」

聳個肩，我說：「沒你那麼好命，你有願意出錢讓你爽的父母，我還得去打工，連學費都申請就學貸款，畢業後也得自己還債。」

小酒館裡客人不多，聽不太懂的搖滾樂滿屋子響。不想提及太多家裡的事，這些年來老媽的辛苦當然我都看在眼裡，所以盡可能地，我希望任何生活所需都靠自己維持，避免再給她添麻煩。這些阿虎以前就約略聽我說過，現在我也沒有再重複講一次的必要。

夜不算深，喝完啤酒，阿虎問我想不想出去走走。

「望高寮也可以，都會公園也可以，去看看夜景呀。」比我晚到台中一天，但是阿虎已經探聽好晚上可以去遊玩的地方，眞不知道這個人這些天裡到底在幹麼。他每說一個地方，我就搖一次頭，最後他無計可施，居然問我要不要打麻將。

「打麻將？」

「妳要玩大老二也可以。」他的表情還非常認眞。

「如果我有你這種兒子，我一定把他登報作廢。」我嘆了一口氣說。

百無聊賴，阿虎最後選擇放棄。看看手機上顯示的時間，他說了句讓我瞠目結舌的話，「既然妳都沒興趣，那不然就算了，我看我去網咖包台好了，算一算，玩到明天早上八點上課應該剛剛好。」

還能怎麼說呢？跟吧台的服務生要了杯溫水，慢慢地啜著，翻玩手上那張杯墊，我在想，這大概也是我不能接受阿虎的原因之一吧。一個男生稍微有點責任感的話，他就不該跟一個女孩到酒吧喝了一杯啤酒後，把女生獨自留下，自己跑去網咖玩線上遊戲。而且，他那杯啤酒還沒付錢。

沒有可以約出來的同學，回宿舍也是發呆睡覺，我在猶豫著是否要繼續點酒喝時，服務生忽然端了一杯調酒過來，指指不遠處一桌三個男生，說是他們請的。

我不知道這算不算是酒吧裡特有的文化，不過反正是免費的，於是我舉起杯子，朝他們點頭示意，表達感謝，而這個動作等於給了他們最好的回應，於是其中一個穿著襯衫，長相斯文秀氣，戴著圓框眼鏡的男生拿著啤酒過來，就在我旁邊坐下，問我還有沒有朋友要來，他禮貌地說：「如果會妨礙妳的話，那我就先走開。」

「應該沒有。」笑著，我回答。那杯免費調酒的味道很重，看來酒精濃度不低。男生點點頭，很溫文而客氣，可惜的是店裡音樂太吵，他自我介紹時說了一個英文名字，被陣陣鼓聲給掩蓋掉。

到底在做什麼呢？我問自己。雖然很缺朋友，但有必要在這裡交嗎？儘管我對酒館這類的地方不算熟悉，可是想也知道男人在這環境裡搭訕的目的是什麼。所以不需要用到我那特別敏銳的第六感，果然這男人接下來提的，全都是要繼續喝酒續攤的提議，而我則一一搖頭，還編了個謊言，說明天一早就要上台北，今天必須早點回家。

眞是無奈哪，當那男人帶著失望的表情走回去時，我企圖讓自己釋懷一點，聳個肩，慢慢地喝著飲料。那男人走回去後被同伴嘲笑了片刻，臨走前還朝我看了一眼，而我照樣舉杯示意。

其實如果換個地方搭訕認識的話，也許我會比較不設防一點，左思右想，又覺得自己是否太過不近人情了？他們連跟我要姓名、電話都沒有，基本上還算挺誠懇的，爲什麼我要拒人於千里之外呢？想著想著，懷疑起自己是否過度小人之心，那男生身上的藍色襯衫燙得筆挺整齊，髮型整齊清爽，這些形象都還在我腦海裡。又抽了兩根菸，終於還是放棄了那杯太濃的調酒，反正也不必我買單。

揮揮手，我請服務生過來結帳，她算了一下，說出一個讓我傻眼的數字，「二千六。」

「什麼！」大吃一驚，手裡的香菸都掉了下來。我跟阿虎一人一杯啤酒就要價一千六？早知道這麼好撈我就開酒館了。

「還有剛剛那一桌三個男生的帳呀。」服務生一臉納悶地對我說：「剛剛他們要走的時候，我過去結帳，其中一個說妳要幫他們買單。」

「哪一個？」

「穿藍色襯衫的那一個。」

「幹……」

我果然太嫩了，是吧？當我掏出皮夾，發現自己只有五百元時，第一個念頭是打電話給阿虎，叫他拿錢回來救我，可是手機打了幾通都進入語音信箱，看來阿虎可能在十八層地獄裡打怪，所以完全收不到訊號。

「等一下，再等一下。」我對那個一臉狐疑，站在旁邊深怕我跑掉的服務生擺擺手，請她再稍等片刻。這下可尷尬了，已經無暇去埋怨那個擺我一道的襯衫男了，眼見服務生就定在這兒，擺明了這筆帳要算我頭上。我搜尋電話簿裡，居然找不到任何一個可以前來搭救我的人。

「你們這裡可以簽帳嗎？」一邊看電話簿，我問了一個還沒說完就被那服務生搖頭否定的問題。

「可以刷卡嗎？」我想起我有一張信用卡，不過她也搖頭。

「那 i-cash 可以嗎？」

「小姐，我們這裡不是 7-11……」她已經快要翻臉了。

最後，我無計可施，心想搞不好要賣身陪睡才能抵帳了。附近的客人都朝這邊看過來，整家店的音樂聲好像瞬間都弱了下去，大家似乎都聽見了我們的對話，還有人露出訕笑表情。一籌莫展的我在想是不是得拿出身分證來抵押時，坐在吧台邊的幾個男客人當中，忽然有一個站起身，朝我們這邊走過來，他手上還拿著皮夾。

「如果妳打電話給我，那一分鐘之內，我就可以出現在案發現場，好救妳第二次。」阿布說。

別亂喝別人請的酒，阿布說那都是要還的。

而我第一個想法是：阿虎，你死定了，你那杯啤酒算是我請的。

05

同樣是從外地來到台中這靠海的小鎮，我嫌這裡風大，阿布則嫌冷。他是高雄人，住在鼓山區。雖然不曉得鼓山長什麼樣子，但從他對他家裝潢布置的描述中大概可以猜到，他的家境顯然比我好得多，至少不需要跟我一樣辦就學貸款。我們讀同一所學校，他是大學三年級，所以等於跟我同屆。

「帶妳去一個在台中看日出最美的地方。」晚上十二點多，約我到高美濕地去時，他是這麼說的。喝掉幾瓶啤酒，抽了幾根香菸，聊了一整晚後，太陽居然是從我們背後探出頭來。曙光乍現的當下，我才恍然大悟，沒想到居然被晃點了。一個面向西邊的海岸怎麼可能看得到日出？對著滿臉錯愕的我放聲大笑時，我一點都看不出來他哪裡有約我時所謂的心情不好。

「心情是真的不怎麼好，很想找個人說說話。」閃過我一拳，阿布笑著，「不過我怎麼也沒想到，妳居然到最後才發現太陽不會從西邊出來。」這話一出口，氣得我伸手抓起一把海邊的爛泥就朝他扔過去，不過當然還是沒丟中。

剛開學沒多久，他們系上辦了個演講，談的是生涯規畫之類的內容，阿布說他原本抱著打發時間的心態去聽，聽完後卻感觸良多。這幾年來他的生活非常精采，中部幾個縣市好玩的地方都去過了，台中繁華的夜生活也見識不少，身邊多的是可以一起玩樂胡鬧的朋友，但聽完那場演講後，發現這些回憶雖然快樂，然而沒半點能對他的未來有幫助。

「所以呢？你有什麼打算？天都已經亮了，該有個結論吧？」

「結論就是我想先帶妳在這附近走一走，然後去吃早餐，最後回家睡覺，再蹺一天課。」他笑了一下，指指遠方，那邊有一整排巨大的風車，沿著海岸線過去，深藍色的天空有些微黃紫色的日光透出，映在海面上，真的是瑰麗浪漫。阿布告訴我，這是他大學生涯裡見過，最適合情侶告白的地方，每一對他推薦來這裡的男女，最後都能求愛成功。

「這麼靈？那你自己在這裡成功過幾次？」

「唉，」他的臉頓時垮了下來，「一次也沒有。」

笑著，踩在不到腳踝高的海水面上，柔軟的海泥與水草在腳底，觸感雖然有些詭異，眼前的景色卻是絕美。拎著鞋子走了一段，等天都大亮了才離開。高美濕地附近就是清水鎮，這個小鎮的名字很好聽，不過鎮上的早餐卻不怎麼樣，比起來，我們校門口一整排的早餐攤子還有更多選擇。

啃著蛋餅，我跟阿布說這像是很特別的緣分，初來乍到就發生兩次大烏龍，而世界那麼大，偏偏兩次都是他來幫我解圍。

「我幫了妳兩次大忙，妳該怎麼報答我？」走在前面，他回頭問。

「這頓早餐我買單，可以嗎？」

點點頭，阿布問我有沒有帶錢。

「呃……」愣了一下，我想起昨晚臨時被他找出來，除了香菸，我連手機都忘了帶，當然更遑論錢包了。看著我的錯愕，阿布苦笑，「幸虧我問了，不然還得救妳第三次。」他說。

早餐店斜對面有座廟，阿布說那是這兒很有名的紫雲巖，吃飽後，他想去拜拜。

「求什麼？求菩薩幫幫忙，讓你在高美濕地告白成功嗎？」我調侃他。

「想告白成功的話，應該去求月老吧？」阿布說：「我想求菩薩幫幫忙，讓我想得到待會兒還可以去哪裡。」

「爲什麼？」

「因爲太陽已經出來，早餐也快吃完了，要是再想不出什麼可以去的地方，那等一下妳不就要回家了？」他說。

「怎麼會出去得這麼匆忙？連電話都忘了帶！」阿虎皺眉，帶著抱怨的語氣。而我揉著惺忪的睡眼，腦袋根本都還沒醒。早上阿布的那幾句話是不是已經暗示了什麼？我沒有仔細去多想，或許現在也還不適合想得太清楚，我們認識才多久，對吧？跟自己這麼說，當下我只給了他一個不置可否的微笑。

吃完早餐後我說還是回去吧，畢竟也在海邊坐了一整晚，雖然不冷，然而已經相當疲倦，再有哪裡好玩的，也沒力氣去了。一回到家，連澡都沒洗，妝也沒卸，就睡到下午四點半，直到阿虎接連幾通電話打來，把我挖醒爲止。

「所以你到底要幹麼？」電話中我很不耐煩，而他也說不出個所以然來，就這麼掛了電話。過沒多久，他按了我房間的對講機，下樓一看，阿虎手上提著一個便當。

「就這樣？」愣了愣，我不太知道這個人到底在想什麼。

「幹麼一整晚不接電話？」阿虎的語氣裡有責備，「我打到最後，妳的手機從無人接聽變成轉語音信箱。」

「廢話，都被你打到沒電了呀。」有點不高興，我沒接過那個便當，一來並不餓，二來我不覺得自己應該拿這個便當。

「所以妳跑到哪裡去了？」阿虎也擺著一張臭臉問我。

「跟我朋友去高美濕地啦。」我的回答裡帶著厭煩。

「同學嗎？」

「算，但也不算。」

「男生喔？」他又問了一個很白目的問題。

不必語言回答，我點頭。

「那後來你們去了哪裡？」他居然還繼續問。

「聽著，」忍不住了，原本坐在宿舍樓下停車場邊的我站起身來，用很平靜但充滿怒意的語氣對他說：「在沒有犯法的情況下，憲法保障我的行動自由，除了我媽，應該沒有任何人可以限制我的行動，更何況我已經滿二十歲，算是個成年人了。所以理論上，昨天晚上去哪裡，並不需要向誰交代，包括你在內，懂嗎？」看著他，我說完的同時，也轉身走進門內，那道鐵門「鏗」地一聲大響，我希望它把所有惱人的有的沒的都隔開吧！

被騙去朝西的海邊等日出，這種傻事有什麼好交代的？

06

「嘉荷，這應該不需要我來提醒了吧？」當班主任板起了臉，提著一支濕淋淋的拖把從廁所走出來，嘉荷臉上滿是尷尬，急忙低頭道歉。不過班主任顯然不打算就此罷休，從那當下起，一路嘮叨到下班爲止，說的全是嘉荷粗心又糊塗的毛病。很想替她分擔一些，不過我也被工作壓得自顧不暇，而這只是我們上班的第二天。

兩天前，坐在學生餐廳裡，一瓶可樂已經完全不冰了，鋁罐上滿是沁出的水珠，我瞪著手上的申請表痴痴發呆。系辦徵求工讀生，內容雖然跟打雜沒差別，但完全可以配合上課時段，臨時有任何狀況也能方便找人代班。這一切都完美地符合我的需求，然而最大的問題卻也是最關鍵的，就是薪資了。

「看什麼這麼出神？」肩膀上被輕拍一下，嘉荷是我同班同學，同樣是夜間部，但她既沒工作壓力也沒生活負擔，十足十的悠閒學生。開學一陣子後，在班上這群同學中，只有少數人跟我熟起來，她是其中一個。

把申請表給她看，說了關於薪水方面的顧慮，嘉荷點點頭，問我要不要考慮到安親班去應徵，我們可以從中午開始上班到傍晚，工作應該不會太沉重，薪水也不差。那時我覺得這是個不錯的提議，跟她到鎮上來物色，結果雙雙錄取，只不過一向慢條斯理的她被分配到的是安親課輔，而講話速度很快的我則是櫃檯服務，各自的工作內容沾不上邊，想幫忙也就無從幫起。

一個工作做不到三五天，嘉荷已經承受不住，瀕臨崩潰邊緣了。那天中午才剛打完卡，她就說教材忘在宿舍沒帶，走進教室，都已經跟學生們吃完飯，也睡了午覺，她才發現忘記點名，更糟糕的是，有同學缺課她也沒留意到，還是家長把孩子送來時這才曉得。

接下來的一切就不必細說了，捱了主任一頓罵之後，她當場被開除。看著那含淚汪汪的眼睛，我忍不住替她求情，結果主任對我說：「我有眼睛，看得出來誰適合或不適合這個工作，嘉荷就算了，妳還不錯，職場上本來就有優勝劣敗，適者生存的道理妳懂吧？好好聽話就好，其他的不必管那麼多。」說完，主任揮揮手，叫嘉荷把別在胸前的名牌拆下來，然後滾蛋。

「優勝劣敗或適者生存的道理我都懂，不過我還知道一個道理。」說著，我把自己那塊名牌也拆了，丟在主任桌前，「我知道做人要講義氣，而且要當一個有思想的人，不是當一隻只會聽話的狗。」看著主任詫異的眼神，我說：「當初是嘉荷帶我來應徵的，所以如果她不幹了，那我也不幹了。」

「這樣眞的好嗎？其實妳可以繼續留下來，不用因爲我而辭職的。」在學校附近的茶店吃飯，我翻開報紙繼續看工作，嘉荷憂心地問我。

「算了。」我把報紙放下，笑著對她說：「這樣說吧，雖然其實妳並不缺錢，但這個工作是妳物色的，也是妳陪我一起去面試的，所以沒理由我站在旁邊，眼睜睜看著妳被解雇，自己卻完全無動於衷。錢跟義氣都是很有分量的東西，當兩者不能兼顧時，我寧願選擇後者。沒錢我可以吃少一點，只要營養均衡就好，身體還不至於不健康，可是如果當時我只站在那裡袖手旁觀，任由妳被開除，那不管在那家補習班可以賺到多少錢，我永遠也不會開心，心理的健康應該遠比身體健康來得重要許多吧？」

「問題是我不缺這份薪水呀，那妳呢？妳把工作辭了就沒收入了。」

「剛剛我不是說了嗎？健康問題。」把手上的報紙挪過來，我遞給嘉荷看一個圈起來的角落，是健康用品店正在徵人的廣告，員工應徵的條件以醫療科系學生爲優先。

這觀念很根深蒂固地存在我心裡，當朋友與一切利益可能產生衝突時，沒有什麼好猶豫或遲疑的，朋友絕對是第一考量。我想起很久很久以前的國中階段，在小紫跟梁子孝還沒談戀愛時，因為個性的關係，小紫在國中那個環境裡樹敵很多，跟自己班上的同學尤其不合，那時她才剛加入我們天台幫，韻潔對她絲毫不見外，而且義無反顧地力挺她到底。那就是朋友該做的吧？

雖然我們能做的極其有限，也不見得什麼都能幫得上忙，可是只要一點點支持，這就是大家能夠一直繼續往前走的動力了。以前韻潔這樣照顧我們，現在我想要這樣照顧嘉荷。儘管除了遲鈍跟健忘，她其實也沒什麼需要被照顧的。

後來，我還是拉著她又一起去應徵了。台中榮總醫院附近多得是這類店家，賣的東西除了醫療用品，還包括一堆健身或復健器材。

這次我非常小心翼翼，不但要仔細應付自己分內的工作，連嘉荷的工作我也盡量替她多關照，因為老闆娘安排給我的又是櫃檯工作，雖然跟帳目有關，但都是一些千元上下的零錢。倒是嘉荷被安排要處理訂貨出貨的事宜，那些可是動輒幾萬塊的東西。

第一個星期還在學習，大致狀況都還好，然而第二週正式上路就出狀況了，嘉荷先是漏訂了一批醫院委託代購的器材，在她俯首認罪前，我先替她扛下，騙老闆娘說是我忘記打電話給廠商。過沒幾天，她居然弄丟了一整個月的訂單存根，我們幾乎翻遍了倉庫跟辦公室也沒找到。事情驚動了老闆夫婦，四個人就在店裡東翻西找了一整晚，結果還是徒勞無功。

那最後的下場當然也可想而知了，老闆鐵青著臉，他還得想辦法去給爲數眾多的廠商交代。沒了那些單據，怎麼去對帳？不發一語地坐在一旁，他連瞪我們都懶了，大家沉默了好久後，老闆娘終於看不下去，從櫃檯裡拿出幾千元，交給嘉荷，對她說了一句話：「我看妳還是做到今天就好了。」

這次的問題很明顯是她的疏失，我沒辦法代她頂罪，不過仍然做了一次同樣的決定，這決定後來讓我被阿虎說成是笨蛋，還說如果被韻潔知道的話，一定會被臭罵一頓。

「很笨嗎？我覺得還好吧。」聽我用極其無奈的語氣說完一長串故事後，阿布給我一個體貼的微笑，「妳只是講義氣過了頭，那不是壞事，頂多就是傻而已。」

「這樣難道錯了嗎？」

「沒人說有錯呀，至少我沒說。」他拍拍我肩膀，「工作再找就好，感情可是很珍貴的。」很高興終於有人認同我。我正要點頭表示感謝時，他又說了一句讓人哭笑不得的話，「只是這些感情如果可以分一點在我身上，那就更是再好不過了。」

義無反顧四個字沒有對或錯，只有值不值得。

燈光不算明亮，在布置得非常復古的包廂裡，我聽梁子孝的建議，在啤酒杯裡插了吸管，不過也沒比較好喝，氣泡還是一樣多。

「所以這是妳第三個工作了？」小紫用不可置信的語氣問我。

點頭，我環顧四周，剛來上班沒幾天，但這已經是我短短一個月內應徵的第三個打工工作了。雖然也是小酒館，但卻跟上次我被擺了一道的那一家風格截然不同，這兒的客人單純很多，有住在附近的當地人，偶爾有些外國人，以及佔了大多數的學生族群。

「可是怎麼會是阿虎介紹妳來這兒？」包廂一旁有個老舊的撞球桌，梁子孝跟阿虎玩得正開心，小紫小聲地問：「前幾天妳說凶了阿虎一頓，我還以爲他會記恨，沒想到居然願意幫妳找工作。」

我聳肩，也不知從何說起。相隔數日不見，那天接到他的簡訊，問我找到工作沒有，然後這傢伙就直接跑來，還拿了一張徵人啓示給我。他們學校對面的小酒館缺工讀生，工作內容很簡單，就是調酒、打掃跟聊天而已。

「我看起來像是會調酒的樣子嗎？」那時候我問他。

「可以學嘛，這種行業的必備條件不是調酒啦。」阿虎說吧台人員最重要的其實是外貌跟活潑的個性，這些剛好我都還算及格。「工作性質很簡單，客人也幾乎都是熟客，薪水雖然不高，又是排班制的，基本上也還算過得去。妳挑課比較少的時段，或者不必上課的週末去排班就好。」

「等等……」打斷他的敘述，我好奇的是這傢伙怎麼如此瞭若指掌。

「因爲這家店的老闆我很熟呀。」阿虎說他也找到了一個工讀機會，這家酒館就是他老闆所兼營的副業。

「你也去打工？」我的興致更高了，「瞧你這德行，肩不能挑，手不能提，你能打什麼工？」

「開玩笑，我的職業是充滿了生命力與朝氣的，每天都活在洋溢著開朗與歡樂的氣氛裡。」阿虎不慌不忙，疊著兩根指頭，驕傲地對我說：「我在幼稚園帶小孩。」

那瞬間爆炸出來的笑聲驚動了鄰桌的客人，大家都投過來納悶的眼光。我想，如果告訴他們，站在撞球桌旁邊那個姿勢一百分，命中率卻比矇眼打球還要低的蠢瘦子，現在是個每天跟小孩玩在一起，陪伴他們成長的幼稚園老師，大家一定也會笑翻的吧？

「那妳這樣的薪水夠嗎？」笑了一陣後，小紫問我。

「還可以啦，一星期兩天班。」我看了球桌那邊一眼，放小音量說：「很多生活開支都有男朋友，雖然我不喜歡讓別人付錢，可是對大多數男生而言，似乎也是天經地義的，所以我也就卻之不恭了。」

聽我說完，小紫瞪大了眼睛，隨即看向阿虎。

「不是阿虎，但我已經讓他知道了。」還是壓低著聲音，我說：「畢竟沒有隱瞞的必要，對吧？」

沉吟了一下，小紫沒再多說，倒是問起了我的「男朋友」。

關於戀愛對象的選擇，每個人都有屬於自己的一套標準，然而無論外在條件如何考量取捨，說穿了也不過就是看對眼，或者感覺適不適合而已。早在很多年前認識阿虎時，我就知道跟他不可能了。空窗了大半年後，在台中的生活圈裡，唯一一個讓我覺得可以信賴與託付的，也只有阿布了。

「就這樣？滿街都是老實的男人，妳怎麼不去選，卻偏偏選了那個阿布？」小紫用曖昧的眼神若有深意地看著我，身體湊近了我一些，又問：「一定有什麼原因吧？」

我笑著，果然她是很了解我的人。其實阿布的方法很簡單，這招如果他早點用，相信他大學三年多的生涯裡，我應該不會只是他的第一個女朋友。

那天不是情人節，距離我生日也還有幾天，他故作神祕地打電話約我到學校附近的餐廳去，說有重要的事想找人商量。爲了避免上次在高美濕地等日出的覆轍又重蹈，我還特地問了一下。電話中他說得很含糊，還說如果不放心，我可以帶嘉荷一起去。

「結果呢？」小紫問我。

「那家餐廳很小，不過布置得很精緻，賣的都是義大利麵，妳知道的，那種餐廳看來看去通常就是綠、白、紅三色，反正就是義大利國旗嘛。」我說：「可是那天我一推開門就傻眼了，餐廳裡完全看不見牆壁上的顏色，只有滿滿的彩色氣球，有大有小，還有愛心形狀的。我在門口還來不及回過神來，就看見他站在櫃檯前面，手上抱著一大束花，而且是我最愛的香水百合。」

小紫聽得目瞪口呆，我覺得自己臉上此刻一定洋溢著幸福的微笑，「他把整家餐廳都訂下來了，花了一天一夜的時間去灌氣球，爲了做那些東西，課沒上、覺沒睡，甚至連澡都沒洗，連卡片都是親手做的。」

「所以妳就答應了？」

「我想不出有什麼能讓我不答應的理由。」我說。

「可是卡片不能吃、花不能吃，氣球也不能吃。」冷不防地，旁邊傳來的赫然是梁子孝的聲音，他不但聽到了我說的話，還狠狠地潑了一盆冷水。我一回頭，看見阿虎站在梁子孝旁邊，垂頭喪氣地，活像剛淋過一場大雨的流浪狗。

鮮花、氣球與卡片永遠是俘虜女人最好用的三樣武器。雖然，它們都不能吃。

08

小紫用欣羨的眼神看我，說她可從來沒有這麼浪漫的經驗，梁子孝這個人說好聽一點是老謀深算，但在我看來則是深沉又鬼頭鬼腦，就算偶爾說出一點動聽的話來，也不會是常常為之。要他花那麼多心思跟時間去布置一間餐廳，只是為了要告白，這種事他大概要重新投胎三次才會開始學著做。而因為阿虎已經走過來了，我來不及跟小紫繼續說後來在我生日那天早上發生的事。

那天，阿布給我一個天大的驚喜，當我把一大束好重的花抱在手上時，餐廳裡的每個人都大聲歡呼，那當下我覺得自己是世界上最幸福的女人。不過我沒有立刻答應他的告白，理由很簡單，感動歸感動，我也還算有點理智，知道愛情需要長時間的觀察與考驗，一大束花和令人眼花撩亂的布置雖然絕美，但那只代表了一時一刻的氣氛，不表示以後兩個人相處就完全都沒問題。

「所以呢？」大概沒想到我在那當下竟然沒有點頭答應，阿布有些錯愕。

「再給我們彼此一點時間，不好嗎？」很想點頭，但我忍著。

阿布的沮喪之情溢於言表，看得我也很不忍心，可是沒辦法，這是基於很多考量後，我認爲最好的結果。

一回到家我可就苦惱了，那一大束花該怎麼放？看了很久後，先把花束上的兩隻小熊娃娃跟裝飾品都拔下，接著把點綴用的金莎巧克力也拿開，然後是一層又一層的包裝紙。這些紙眞是漂亮到不行，也非常不環保。嘆一口氣，我爲自己竟然在阿布如此浪費資源時還大受感動而覺得慚愧萬分。包裝紙一一折好，不捨得丟棄，心想以後送禮物給別人時可以重複利用到。最後我把那些花修剪了一下，通通插進用寶特瓶剪開權充的花瓶中，就擱在小檯燈旁。

躺在床上，翻來覆去睡不著，看花看了一整晚，我在想，他到底是不是眞的認識我？否則怎麼確定我是最適合他的對象？那我呢？不敢貿然答應，只是因爲覺得自己還不夠了解他，在還帶著陌生的現況下，如果眞的談起戀愛，會不會很快就出現摩擦？覺得自己似乎太過小心翼翼，有點鑽牛角尖，可是我就是有那麼一點點不安。

「妳睡著沒？」很晚了，阿布打電話來。

「還沒。」我側躺著，把手機直接擱在臉頰上，眼睛盯著檯燈那邊，說：「還在看那束花。」

他問我喜不喜歡那束花，我說當然喜歡，長這麼大，除了五專畢業時收過學妹送的一小束花之外，這是第一次有人送花給我。聊起一些以前在基隆的事，也聊到我去過的地方，他很詫異我活了二十年卻一次也沒去過高雄。

「我老家在基隆，沒事跑到高雄去幹麼？而且哪有閒錢呀。」我說。

「如果有機會，我帶妳去高雄玩。那裡可是我的地盤喔。」他隨便舉了幾個地方，什麼新崛江、西子灣之類，都是耳聞過的，聽得我心嚮往之。電話中，阿布甚至開始規畫起行程，說大概三天兩夜最剛好。

「等我存到錢再說吧，唉。」

知道我是單親家庭，也知道我有生活上的經濟壓力，聊著聊著，阿布忽然問我，「想不想吃消夜？」

「別因爲我剛剛說晚上只喝了一碗貢丸湯，你就那麼剛好肚子餓喔。」我笑著說。

「是呀，我不但半夜裡肚子容易餓，而且還非常討厭一個人吃消夜，」他也笑著，「要不要一起吃個永和豆漿？」

我喜歡他的關心跟體貼，那跟阿虎一天到晚想當我跟班的感覺不太一樣。他不太干涉我的自由，跟嘉荷熟起來後，有時她會約我晚上到台中市的夜店去，阿布不會太反對，只是他會很關切地提醒我，別再隨便喝別人請客的酒。

「知道了。再被擺道的話，我也會記得打電話給你。」開玩笑的語氣，我對他說。

生日前一天晚上，因爲才剛收到那一大束花沒多久，我不希望他爲了我又勞民傷財。晚上出門前，他拿了一袋水果來，說是自己房間冰箱小，吃不完。我知道這只是藉口，但也沒有拒絕的理由。把水果放在機車置物箱裡，我說晚上回來再帶上樓。臨出門前，他又問了一次關於我生日的慶祝。

「眞的不用啦，這份好意我心領了。」我露出爲難的表情說：「也不過就是過個生日而已，其實不需要特別去慶祝，更何況，從認識到現在，你已經幫我做很多事了。」

看他皺著眉，讓我更不好意思。可是除了拒絕，我實在不曉得應該怎麼辦才好。只好藉口說嘉荷還在等我，趕緊離開。

後來在夜店跟嘉荷聊到，她問我爲什麼不乾脆一點答應。

「不知道。」我搖頭，「他不算差，各方面條件都很好。可是就因爲他不差，所以我覺得自己反而沒那麼好。」

「這是什麼怪理由？」嘉荷不太明白我的意思。我說不明白也沒關係，因爲就連我都不太懂自己在想什麼。

其實就是缺少了一點點什麼感覺吧？舞台上的樂團正在熱鬧演唱，我喝掉兩杯啤酒，心裡想的，都是剛剛出門前，在我宿舍樓下時阿布的表情。他眼神裡有很深的企盼，面對我的堅持，又帶著幾分沮喪。我知道他的想法，男女之間交往的經驗雖然不多，這點感覺我還不至於察覺不出來，那天那束花所代表的用意已經非常明白。看著樂手們的演出，我在想，不是什麼重要日子都這樣大張旗鼓了，那生日當天豈不更可觀？我不想看見自己的生日被弄得如此豪華誇張，如果要我點頭，他只需要再多給我一點點感覺，這樣就好。那一臉苦悶受傷表情的阿布啊，你要懂得這一點：華麗繽紛的物質是打動一個女孩的好方式，但絕對有比那更重要的，你懂嗎？

過了十二點，音樂表演接近尾聲，結帳離開後，我們跑到ＫＴＶ去，兩個女人在包廂裡又唱又跳，直到將近早上七點，外頭天都亮了，才拖著疲憊的步伐，啞著嗓子走出來。

騎車載嘉荷回沙鹿，風有點冷，整個天空都陰霾鉛灰。送她回去時，我特別交代，今天下午過後如果有事就上線留言，可千萬別打電話。

「爲什麼？」

「我不希望在生日這一天，還得充滿因爲拒絕別人而產生的愧疚。」我說。

騎車回來時就打定主意了，睡覺前，我要把手機關機，一直到生日結束的十二點過後再開。可想而知，阿布一定安排了些什麼。而正因爲他已經有所安排，所以肯定會在生日這一天不斷找我。那是我極不樂意見到的。爲了避免尷尬，我只有最後這一招，就是把自己變成一隻縮在殼裡的烏龜。

「你怎麼還在？」當我回到宿舍時，愣了一下，看見阿布還坐在我們停車場外面的門邊，身上穿的是跟昨晚一樣的衣服，睡眼惺忪地在那兒打盹。

「我……我在等妳……」他自己也愣了一下，縮著身體，一時還站不太起來，大概是蹲著睡太久，連腳都麻了。不懂，這樣等我有什麼意義？皺起眉頭，我有一點不高興，問他等我幹麼。

「因爲妳說跟朋友去喝兩杯，聽聽歌，我原本以爲妳會很快回來的。」他揉著痠麻的兩腿，好不容易才站直了身體，但吹了一夜的風後，看得出來阿布臉上的憔悴。「而且我在想，妳一直不肯答應生日的晚上跟我出去，大概是因爲妳已經另外有安排了……」

這幾句話讓我聽了很難過，看著疲憊萬分又滿臉委屈的阿布，我很想告訴他，其實我一點安排也沒有，只是不希望他爲了我又花太多不必要的錢，如果他願意，我多麼希望在生日的晚上，跟他一起去逛夜市，吃個夜市牛排，或者買幾串燒烤，這樣就心滿意足了。

「我怕如果下午才過來，妳可能已經出門，那就遇不到妳了，所以才一直等在這裡。」他從口袋裡摸出一個小盒子，打開，裡頭裝了一枚戒指。

「你……」那戒指很普通，卻讓我無言了。

「我只是想親口跟妳說一聲，生日快樂。」他把戒指遞過來到我面前。

「好笨，」有感動的眼淚從臉上流下來，我把手伸過去，「送戒指的時候，你要幫對方戴上去呀。」

一點點，一點點感動的感覺，那就是愛情了。

雨停了就不哭

烈焰焚身時早已不及悔恨撲火的愚昧，況且那愚昧不且是痛與快樂並存著？

我只在東北季風捎來遠方海鹽味時短暫想起從前。

那年，天台上雲彩點綴湛藍。

遍體鱗傷只爲了一嚐那痛過後的酣暢淋漓，

愛情本該如此。

原以爲小紫會對這樣的工作環境有意見，但沒想到在店裡晃一圈後，她打了電話給韻潔，居然說下次大家可以到這裡來聚會，這兒的風格眞的好有趣。一邊把玩著擺放在舞台上的電吉他，小紫興奮地對電話中的韻潔說。

「我還以爲妳會很介意這類賣酒的地方呢。」我用疑惑的語氣說。

「爲什麼？」小紫研究起裝飾在牆壁上，一整排從各國蒐集來的香菸盒子，根本沒回頭看我。

「因爲這裡很不健康呀，又是菸又是酒，再不然就是咖啡，音樂也吵死人。」

「阿虎會幫妳挑這個工作，他應該知道妳會喜歡什麼而討厭什麼，當然也知道什麼是適合妳的，對吧？既然這樣，那我們有什麼好介意的？」

「說得好像他很了解我似的。」

「在我們這群老朋友當中，我相信他的確是最了解妳的，甚至可能遠勝於我跟韻潔。」小紫說：「當我們其他人都把生活重心到處擺的時候，只有他把所有目光焦點都放在妳身上，不是嗎？」

「那我還眞希望他去注意其他的什麼東西都好，別老往我這邊看過來，唉唷喂……」我皺眉。

店裡打烊後，梁子孝開著車，我們四個人從西濱快速道路往南跑到東石漁港。原本梁子孝就是那種很莫名其妙的人，大概全世界只剩下小紫懂他在想什麼。這兩個人三更半夜不睡覺，一路從台北跑來也就算了，當我們店裡在收拾東西，準備下班時，他居然提議要去兜風。

「妳不累嗎？」坐在後座，旁邊的阿虎呵欠連連地問我。

「還好，我很喜歡這樣坐車兜風。」轉頭跟他說了這句話，我又繼續看向窗外，遠方的天空已經漸露曙光，映照在海面上，我想起跟阿布去高美濕地的那次經驗。

無論何時，我都刻意跟阿虎保持距離。那次凶過他後，有一段時間沒聯絡，當他再找我時，我正爲了工作在苦惱。儘管阿布一再地對我說，如果生活上有難處，他很樂意照顧我，但那畢竟不是辦法，我也不喜歡一天到晚跟男朋友伸手。兩個人在一起，雖然不可能保持經濟的完全獨立，至少也不能像寄生蟲一樣依附著對方過日子。因此，我才會接受阿虎的提議，到酒館來打工。

那是個還不錯的上班環境，店裡每個人都很和善。或許是因爲這次沒有嘉荷一起共事，所以不必像前兩次那樣處處替她擔憂，工作起來也得心應手。只是因爲阿虎幾乎每天都來，又總是坐在吧台前面，面對他時，我難免會有一點尷尬。

「想什麼那麼出神？」小紫遞過來一瓶咖啡，在進入小漁村前，我們先在村口的便利商店停車。她像個媽媽一樣，把剛剛買的飲料分給大家。

「雖然已經是很久以前的事了，有時想想，又覺得很難想像。」指指已經跑到堤防邊去，拿著相機正在到處亂拍的梁子孝，我說：「你們居然眞的在一起了，他當年還是耀哥的狗頭軍師時，我們兩邊簡直像有不共戴天之仇似的。」

「人總會變的嘛。」小紫笑著，跟我一起凝望著梁子孝的背影，「以前是什麼樣子，不代表以後會是什麼樣子呀。雖然有時候我也會擔心，不知道再過幾年，等他畢業當兵後，我們之間可能還會有什麼變化，但那些多想也沒用，時間總會證明的，對吧？妳知道耀哥眞的考上了醫學院吧？那才是天大的奇蹟，大家作夢都想不到，一個在少年監獄待過，以前整天只會搶地盤、打打殺殺的人，現在是個醫學院的學生。所以囉，很多事不能只看眼前的。」又是一句好雙關的話，說完，輕拍一下我的肩膀，小紫揮手把阿虎叫來，問他喝不喝飲料，還剩下一瓶綠茶。

「我想喝咖啡。」阿虎說。

「你想喝咖啡干我屁事？」瞪了一眼，小紫把綠茶丟給他，逕自去找梁子孝了。

我都還沒感嘆完，就被這兩句對話逗得大笑。阿虎一臉無趣，只好將就那瓶綠茶。他喝沒兩口，先是鬼鬼祟祟地看了我幾眼，然後又開始探聽剛剛我跟小紫的對話。才說起造化弄人的感慨，他就問到了我跟阿布的事。

「有什麼問題嗎？」這話題讓我心裡的高牆瞬間築起，立刻擺出防衛姿態。

「妳不覺得嗎？還沒當兵的男生其實多多少少不是太可靠，誰知道他們退伍後會變成什麼樣子，對不對？」

「不見得都對。」我不想贊同他的第一個問題，以免接下來的話題都只能被他牽著鼻子走，「我覺得梁子孝就是個例子，他不太會有什麼變化，那個人雖然讓人摸不透，但我相信他一定都很知道自己在想什麼。」

「那是例外呀，大多數的男生可未必是這樣，對不對？」

「所以你的意思是怎樣？」我知道他在暗示阿布，也知道他說這些話的目的，既然如此，那大家不如乾脆一點，打開天窗說亮話算了。看著阿虎，不知怎地，對他就是特別沒耐心。

「我只是想說，如果妳要挑，其實可以挑那種已經當完兵，或者不用當兵的，這樣或許可以避免日後因爲對方兵役而產生的感情問題，對不對？」

我愣了一下，看看眼前這個瘦巴巴的阿虎，「所以你不用當兵嗎？」

阿虎點點頭，說他小時候因爲胸腔開過刀，因此前陣子剛剛體檢完，確定免役。另外因爲從小體弱多病的關係，他其實很積極地在運動，覺得自己現在身體比以前好了很多云云……

「原來是這樣呀，我終於明白了。」我沒理會他後續那些廢話，自顧自地點點頭。

「明白什麼？」

「我終於明白，爲什麼以前國中時，每次你們出去打架，回來之後唯一一個被打成豬頭的都是你。」我很想要認眞嚴肅，可惜話還沒說完就先笑翻了。

正因為未來的不可預知，所以才要努力去愛自己所愛的，對吧？

10

終於感受到中台灣的低溫，對比於去東石港那時節的清涼，現在簡直可以說是酷寒。原本我想抽空再回基隆去找件大外套的，但阿布卻嫌麻煩，拉著我到市區，在我面對標價皺眉時，他說：「妳把來回基隆跟台中的車錢折算進去，其實這件外套也不算眞的很貴。」對他而言或許是這樣沒錯，畢竟我們的家境有別，然而沒等我下決定，他已經拿著外套去結帳。

「這只是一件外套，不要想得那麼複雜。」他很努力地安撫我，「沒人知道下一波寒流什麼時候會來，等妳覺得又冷了，再等放假回去拿外套，那都不曉得已經感冒到看過幾次醫生了。」

買完外套，阿布問我最近工作的情形，也提醒我，怕冷就別做那種晚上的工作，白天的打工機會一樣很多，況且也單純一點。

「我現在上班的地方也很單純啊，除了阿虎之外。」我笑著，「不過認識那麼久了，我知道這個人要怎麼處理的，你也別擔心。」

「不擔心才有鬼呢。」他也笑著，搓搓我腦袋。

把酒架上的瓶瓶罐罐擦拭乾淨，再將垃圾袋打包，只剩下兩桌客人，我已經開始準備結帳打烊。收拾東西前，看著掛在櫃檯邊，那件阿布送的粉綠色羽毛大外套，我心裡漾著甜。或許也如他所說，因爲沒什麼談戀愛的經驗，只能按照本能，做每一件自己認爲該做的。買外套的錢對我來說不算小數目，但對他而言也不過就是少去夜店泡一晚，或者少跟朋友去唱一次歌而已。那我還能說什麼呢？

「麻雀，妳帳結完後可以先下班囉。」老闆娘打斷我的天馬行空，對我說：「外面正在下雨，有沒有帶傘？」

搖頭，我說無所謂，如果只是一點雨，我可以穿上外套直接衝回去，反正距離不遠。老闆娘點點頭，又說如果要找男朋友來接，現在先打電話也可以。

「沒問題的。」我還是微笑搖頭，這點雨應該還難不倒我，而且阿布跑到他同學家打麻將了，這個時間恐怕激戰方酣，要他就此撤退也不太可能。

很冷清的夜晚，是因爲天寒地凍又飄著雨吧，整晚都沒什麼客人。我很快地把帳結完，正準備下班時，一通電話響，沒想到是阿虎打來的。他問我要怎麼回家，如果沒帶傘，他可以送過來。

「用腳趾頭想也知道我騎機車，騎機車拿雨傘你覺得是好辦法嗎？」我把話筒夾在耳朵旁，雙手還不停繼續整理吧台桌面。「雨傘你留著吧，我家很近，直接回去就好。」

誠如小紫所言，阿虎確實是個好人。正因爲他太好了，我想並不是很適合我，比較起來，還是給我較多自由空間的阿布好一些。而且就像上次在東石港那樣，這個人心裡有事也不好好說出來，話到嘴邊還要呑呑吐吐的，跟這樣個性的人在一起，我大概不出三天就悶死了。這些箇中滋味，恐怕無法在三言兩語中解釋清楚。

比起阿布，小紫認識阿虎比較久，替他多說好話，這我完全可以明白，然而那些相處上的歧異，可能就只有我自己才知道。所以儘管她跟梁子孝都對陌生的阿布有所保留，要我多考慮多觀察，別讓鮮花跟氣球給沖昏了頭，可是我仍然很清楚，到底什麼樣的愛情才是我要的。

一切處理完畢，穿上外套，推開門時果然外頭斜風細雨正飄著，加上一陣寒冷立刻迎面而來。我打了個哆嗦，正想趕快走到機車旁，聽見一聲汽車喇叭響。就在路邊，一輛小轎車還發動著引擎，車窗被搖下，我看見阿布對我招手。

「反正輸了好幾把，繼續撐下去也沒用，手氣太背了。」阿布說：「所以我把機車留在那邊，跟他們借了車過來接妳。肚子空了一整晚，我想找我老婆一起吃個永和豆漿，然後回家洗澡睡覺，妳說好不好？」

「吃完消夜，換你老婆上牌桌，幫你贏回來，這樣豈不更好？」我笑得很甜，坐上副駕駛座，車子裡有溫暖的空氣，有幸福的味道，還有林憶蓮正在唱〈至少還有你〉，一切都恰到好處地完美。

他笑著開動車子，這一晚我想陪他去打麻將，雖然牌技並非我所長，至少可以和他窩在一起。上次半夜溜去東石港，我不想隱瞞，據實以告，阿布沒有生氣，反而用充滿關愛的眼神看著我，還說不能跟我們一起去，他覺得非常可惜。

坐在車上，他用左手抓方向盤，右手輕輕握住我的左掌。車子剛啓動，想抽根菸的我放下車窗，就在香菸點著，第一口煙朝外吹出去時，我看見一輛機車鑽進騎樓，停到店門口。車上是我再熟悉不過的阿虎，他已經被淋得滿身濕，然後我看見他從車廂裡拿出一件雨衣來，正急忙忙要跑進店裡去。

我唯一能給的報答，是最狠心的拒絕。

我撐著惺忪睡眼去上課，腦袋裡什麼也裝不下，彷彿還看到一堆麻將牌在頭頂上旋轉。一夥人打麻將打到快中午，吃完午餐才回家睡覺，沒幾個小時我就來上課了，肚子裡好像都怪怪的，生理時鐘也整個亂了套。

短暫的五分鐘下課，我趕緊去買了熱咖啡，不過一點效果也沒有。真懷疑阿布是怎麼辦到的，中午他吃完飯居然可以直接到學校去，說是等傍晚下課回家再睡，也不曉得現在醒了沒有。

直到身體慢慢甦醒時，四節課也已經上完了，我正想打電話給阿布，就發現手機裡有他傳來的簡訊，叫我問問嘉荷今晚有沒有活動，如果沒有，他那幾個朋友想找我們一起出去玩。

還玩？看著那訊息，我有點氣虛，昨晚打了一整夜麻將，這些人居然還有力氣呀？其實不用問也知道，嘉荷的生活非常平淡，如果我不約她，這個女人就只會回家看一堆租來的小說而已。

「夜遊？」我懷疑自己有沒有聽錯。校門口停了四輛小轎車，看來都是改裝過的。阿布開著其中一輛，車主坐在後座，也是我們昨晚的牌搭子之一，叫做小草，他對嘉荷很感興趣。

台中我還不算太熟，說到夜遊也只會想到大度山。沒想到，四輛車一出發卻往台中市去，穿過市中心，我看到指標是前往太平。

「這裡大概是目前台中人玩車的天堂了。」握著方向盤，阿布告訴我，「從太平出發，有條山路，縣道編號一三六號。」

點點頭，反正我是鴨子聽雷。嘉荷倒是很興奮，跟一旁的小草聊得頗開心。我們在正式走上那條山路前的路旁停下，趁著大家進便利商店買飲料時，我特別看了一下手機，裡頭有一封阿虎傳來的簡訊，他說明天晚上梁子孝跟小紫會在回程又路過台中，想再約著出去吃個飯。

「我再跟小紫約時間，有空就碰面。」簡短回覆一下，眼見得大家還沒準備就緒，我正想點根菸，玩玩手機裡的小遊戲時，它又震動了一下。阿虎問我今晚有沒有事，他想找吃消夜。看了看，這簡訊不知道該不該回。我想起昨天晚上，那件雨衣後來他自己穿了嗎？我下班時店裡還有一些人在，總有人看見我上了阿布的車，會不會有人告訴他？如果他知道他淋了一身濕，眼巴巴地拿了一件雨衣來，我卻安安穩穩地坐在男朋友開來的車上，一滴雨也沒淋到地回家了，他會不會很難過，或者就此放棄？看著那簡訊，我想跟他說：很抱歉，這樣的付出雖然讓我感動，仍無法左右我對愛情的觀點。當然我也知道以阿虎的個性，他在連續幾次碰釘子後，一定會開始嘴硬不承認，其實誰都看得出來，倘若只是朋友的關心，他根本不必拿那件雨衣來，朋友之間還不需要做到這等地步。

「出發囉。」嘉荷對我出聲招呼，小草很溫柔地陪在她旁邊。看來這一對用不著費心幫忙，他們可以相處得很好。

「怎麼了嗎？」旁邊是阿布靠過來，給我一瓶優酪乳。

「沒事。」我笑著，把手機收進口袋裡，那個簡訊我決定假裝沒看見。

山路很蜿蜒陡峭，幾個彎道都又驚又險。以前看過幾部跟山路飆車有關的電影，自己倒從沒體驗過。阿布開車的技術不算太好，當然坐在車上也沒聽見什麼尖銳刺耳的輪胎甩尾聲，但搖來晃去的一樣很刺激。車是小草的，他很常跑這條路，途中好幾次出聲指點，告訴阿布前面有彎道或斜坡，也提醒他在什麼地方該減速或加速。

「眞是開得一『嘴』好車耶你，幹麼不自己來開呀？」我笑著回頭。

「因爲我今晚不是來開車，是來相親的。」他笑得很大方，昏暗的車內我隱約看見嘉荷害羞的表情。

山路不算太長，另外三輛車的駕駛技術非常好，他們不但陸續超前，而且幾乎沒踩什麼煞車，就這樣揚長而去。我們在山路上繞了又繞，翻過幾個山頭後，忽然轉上一條大馬路，阿布說這裡已經很接近埔里，一三六號縣道算是跑完了。

「所以我們要掉回頭嗎？」我愣愣地問。

「怎麼可能呢？」笑了一下，他說我們繼續往前開，今晚的目的地其實還沒到。接下來要去哪裡呢？南投對我而言是非常陌生的世界。又走了快半小時，最後停車時，我看見的是遠遠處一片平靜湖面，月亮在水上投映出很完整而漂亮的銀色光芒。

「日月潭。」阿布露出微笑的表情，握著我的手，「我覺得這是妳會喜歡的地方。」還能說些什麼呢？他當著所有人的面吻上我的嘴時，我口袋裡又傳來震動。不想去看那是誰找了，這當下我只想任由他緊緊擁抱著我，用他嘴唇的溫度把我融化。

有些人拿出仙女棒，有的則乾脆拿出煙火，還有人從後車廂搬出一整箱啤酒。他們根本就是打算來玩的吧？升起一小堆火，小草把他車上的音響開得震天價響，一群人就這樣玩開也喝開了。

「你們很常這樣出來玩嗎？」拿著啤酒湊過來，嘉荷問我。

搖頭，我說也不是很常。跟阿布在一起後，慢慢認識他的那些朋友，才有了較多互動，然而最常做的，也不過就是打打麻將罷了。

「那以後有機會的話，我可以一起來嗎？」

「當然啊。」我說：「本來就是人多才好玩。以前念國中的時候，我們有一群很要好的朋友，大家很常聚會，我上五專後就慢慢疏遠了一點，不過感情還是很好。前陣子剛來台中時我也很不習慣，總覺得生活無聊到極點，還好現在有阿布帶我到處跑。」說著，我想起以前跟韻潔、小紫她們在一起的日子。那段每天午休都得上天台去讓韻潔小考的日子，還有我們一有空就窩到市區麥當勞去聊天的時光。對比於現在因爲阿虎而起的尷尬，老實說我還挺懷念當初的簡單，總好過像現在，聊不到幾句話，小紫就問起我跟阿虎的關係，那種說什麼都不是的感覺還真不舒服。

手機有六通未接來電，看得有點煩，我索性把所有通話紀錄都刪除了。後來才簡單回覆一下，我只跟阿虎說晚上跟朋友們開車到日月潭，算是一個交代，這樣也就夠了。

找我還能有什麼事呢？每個人都在過自己的日子，又不會有什麼天大的事。抱持著這樣的想法，又過了幾天，我在上班時，原本一向生意清淡的店裡，忽然湧入一大群學生。

啤酒。我還來不及招呼他們，就看見阿虎走在最後面，他把手上一串鑰匙輕拋在桌上，向我要了

「你換車啦？」雖然不很確定，但我約略還記得阿虎的車鑰匙是什麼樣子。他很常忘東忘西，我們在店裡幫他找過很多次機車鑰匙。

「看清楚點。」他笑了一下。

我這才發現，那串鑰匙確實不太一樣，看得出來是汽車鑰匙。阿虎說前幾天他跑回基隆去，把他老媽的豐田汽車給開來了。

「宿舍距離學校不到五分鐘，要車子幹什麼？而且我都不知道原來你有汽車駕照？」我不解地問他。

「駕照很早之前就考到了，社團用得到車嘛，開來比較方便啊。」指指剛剛進來，已經坐下的那一群男男女女，阿虎說他今天才載著這些人跑到彰化八卦山去兜風。

我苦笑，不知道這算什麼，只覺得很沒意義。然而那是他的自由，我似乎也不便多說什麼。正想過去問問剛進來的客人想點些什麼時，看見店門開了，隔壁檳榔攤的老闆匆匆忙忙跑進來，很大聲地問我們，「剛剛停在外面那輛車是誰的？」

「怎麼了嗎？」我心中一凜，生怕是阿虎的車擋住人家做生意了。

「他停車沒拉手煞車吧？剛剛一直在往後退，現在整個後輪都掉到水溝裡面去了。」

那個老闆話剛說完，全部的人爆出一陣狂笑，然後我看見阿虎臉都綠了。

不是每個人把臉打腫後就會變成胖子的，唉。

我陷入一種矛盾中。幾天裡，阿虎經常打電話來約，問他有什麼事，他說沒有；問他要去哪裡，他也說都可以。那我幹麼出門呢？白天雖然不用上課，但不管有沒有跟阿布見面，夜間部的我早已習慣天亮才躺下。白天都是我的睡眠時間，這種接連幾次的相約還眞讓我有點受不了。是不是該把這件事告訴阿布？有些猶豫，或許他不會太介意，也可能他覺得並無所謂，但我相信總不會一點負面的感覺都沒有，說或不說好呢？

耐著性子把書看完，我吐了一口長氣。五專時學校很重視技術的純熟度，實習非常多，老師也管得嚴，而二技以學歷爲重，課業壓力增加不少。看看班上那些同學就可以理解這個道理，班上有一半的人已經投入職場，多的是老練的熟手，技術方面，白天在工作崗位上練得就夠多了，大家缺的就是這張二技文憑而已。

讀書考試我沒問題，題目該如何作答也都很有把握，那感情問題呢？這可眞是難倒我了。想了又想，猶豫很久後，趁著下午一起吃飯時，我把阿虎的事說了。「我要特別強調，這麼多年來我們都是朋友，而且是一大群人一起的那種朋友。」我跟阿布解釋。

「可是他從來沒有放棄過？不是嗎？」阿布皺著眉問：「而且我記得妳的這份工作是他介紹的，對吧？」

點頭，我說即使如此，但那跟後來的事一點關係也沒有，能在現在這家店工作得順利，那是靠我自己的努力，都跟阿虎無關。

「從我開始工作到現在多久了，你一次也沒來過，下次我上班時你可以陪我一起去呀，其他工讀生也常常有男朋友來陪班，多認識一點那裡的人也好，至少可以不必擔心，你在的話，其他客人也不會跟我亂要電話，對不對？」見他還沉吟，我說。

「算了吧，我比較習慣去我常去的酒吧。」結果他這麼回答。

「上次那一家嗎？那裡我印象也很深刻耶，兩杯啤酒居然要我付一千六。」我對阿布說：「老實說，我覺得那裡比起我打工的地方要複雜多了，出入的人很雜，環境也比較亂，如果要找個適合小酌聊天的店，我們那裡會好一點，而且也比較便宜啊。」

阿布不置可否，只是低著頭。過了好久後，才問我，「老實說，就因爲我知道這類地方的性質，所以一直想提醒妳一下。」

「提醒什麼？」

「要不要考慮……再換個工作環境？」

懷抱著鬱悶的心情上班，雖然做起事來依然很俐落，心裡卻總有點悵然。留著長頭髮的老闆怎麼看都不像白天會在幼稚園裡照料小孩的那種人，老闆娘一臉精明能幹，反而比較有管事的能耐。他們都是好人，也很關心我們這些兼職的小工讀生，有時晚下班了，老闆娘甚至會開著車陪我們回家。

這樣的地方是哪裡不好呢？我想起阿布說這類環境都有一定程度的複雜，畢竟是喝酒的地方，誰能預料到會發生些什麼事？就因爲他自己很喜歡跑夜店，所以非常熟知這種現象，當然就不會希望我繼續這份工作。

「而且妳平常星期一到五都得上課，週末還要打工，我們豈不是連一個能好好相處的晚上都沒有了？」他中午時對我說。

那時我很想回他一句話，儘管星期一到五我要上課，也不過十點就放學了，其實他才常常不在宿舍，有時到市區的酒吧去找朋友，有時帶一群人在他那邊打麻將，那我們又有多少可以相處的時間呢？只不過，他的話也不全然沒有道理，阿布提及了我的期中考，成績確實不太理想，雖然大部分科目都及格，但也好看不到哪裡去。

「如果換一個白天的工作呢？作息可以正常一點，或許念書也比較能專心，對不對？」阿布說。

想這些事想得我煩心不已，偏偏一整晚又沒什麼客人，我連讓自己忙碌的機會都沒有。好不容易捱到凌晨一點，收拾好了東西，正準備下班，阿虎的腦袋就從店門口探進來。他先看看店裡，發現已經打烊，便問我待會還有沒有事。

「沒有吧，怎麼？」我有點意興闌珊地回答。

阿虎嘿嘿一笑，他說今晚幾個社團的學弟妹約著要去看星星，問我有沒有興趣，應該不會跑太遠，而且其中一個學妹生日，大家想幫她慶生。該去嗎？我看了看時間，也打了電話給阿布，結果他又去打麻將了。只短暫思考了一會兒，我想或者去放鬆一下也好，反正那些問題想破頭也不會有答案，不如就去兜兜風吧。

車上擠滿人，大部分都是來過的常客。老實說阿虎幫我們店裡也招攬了不少生意。一群人嘻嘻哈哈就出發。雖然不屬於同一個圈子，但看來大家都知道阿虎跟我的關係，所以很主動地讓出副駕駛座的位置。

「去哪裡看星星？」我本來想到的是日月潭，不過那裡畢竟是屬於我跟阿布的回憶，加上來回一趟也太遠了。阿虎發動車子，用自以為很帥氣，結果卻讓我差一點滾下座椅的速度駛上馬路，他說自己最快的車速是一百六，從我們店裡到大度山上的都會公園不會超過十分鐘。

是這樣嗎？我還來不及質疑，一群人在後座已經發出尖叫聲，我抓緊了車門上的扶手，深怕接下來他又要表演什麼奇怪的特技。不過那些擔心顯然是多餘的，因爲我們開過一段大馬路，他才剛轉入一條所謂的捷徑而已，就因爲轉彎幅度過大，導致車子失控，車子的右後輪整個掉進路邊沒加蓋的水溝裡。前座的我們被瞬間彈高，汽車底盤觸地時，還發出「砰」地一聲巨響，嚇壞了車裡的所有人。

「幹！」走下來，看著車子有一半都卡在水溝裡時，我們所有人都說了這個字，包括壽星在內。

我不想急著逼自己做選擇，因為最好的選擇往往都只會在沒得選擇時出現。

13

三更半夜，一群人站在乾涸的水溝裡，不分男女都挽起袖子，用力托住懸空的車底。阿虎吆喝一聲，大家奮力往上抬，如此來回了三四次，結果車子是眞的往上晃動了幾下，但如果要把它抬回路面上，恐怕抬到天亮都還差很遠。

「你考到駕照後很常開車嗎？」我有點不高興，因爲大家都抬得汗流浹背，阿虎看起來卻一副無所謂的樣子，他讓我覺得每個人好像都變成傻子了。

「還好呀，偶爾會開一下。」他點了香菸，居然坐在路邊開始抽起來，學弟妹們也不知道是否還要繼續抬車，只好傻站在水溝裡。

凌晨兩點，根本不曉得要去哪裡求救，我們就這樣等阿虎抽完菸，他半點緊張的表現都沒有，還好整以暇地拍拍身上的灰塵，最後才說：「不然這樣吧，你們先想辦法打電話找人來載好了。」

「什麼？」我懷疑自己有沒有聽錯，弄了大半天，他說出來的居然是這個鳥辦法。

「那你怎麼辦？車子怎麼辦？」

「就再說呀，反正車子插在水溝裡，小偷也偷不走，對不對？」

「對個屁啦。」我頂了一句，還站在水溝裡，本想招呼那群學弟妹們繼續賣力，一瞥眼，看見那個穿著打扮都像個小公主一樣的壽星學妹已經滿身狼狽，頓時也心軟了。

就在大家一籌莫展時，遠遠處有警車開過來，那車頂紅藍兩色不斷旋繞的刺眼燈光愈來愈近，就在我們旁邊停下。兩個警察看得目瞪口呆，也拚命忍住了笑。他們按照作業程序先檢查了大家的證件，也看了阿虎的駕照，還給他做了酒測，確定一切沒問題後，才幫我們打了一通電話給鄰近的道路救援，其中一個胖警察還調侃了一句，「不簡單喔，這麼大一條路還能開進去，這個技術應該可以去拍電影了。」

另一個警察蹲在地上看了半晌，叫我們最好另外找人來載，因為他說車子底盤在跌入水溝時已經略有受損，要繼續開上路雖然不是不行，但畢竟也有一定的危險性。臨走前，兩個警察還特別留下電話，要我們遇到什麼需要求救的問題時再打。

為此，我們只好紛紛拿出手機開始求救。我不想打給阿布，一來今晚出門的事他不知情，二來因為阿虎的關係，多少有些尷尬，想了想，決定打給嘉荷，雖然這樣的深夜裡要她騎車出門很不好意思，但也沒有更好的辦法了。然而電話打了兩通，卻都無人接聽。

「妳沒人可以載嗎？」見我對著電話皺眉，阿虎走過來問我。

「等等。」跟他揮揮手，我往旁走遠兩步，改撥給小草。電話中，小草人在一個很吵的地方，講半天也講不清楚，最後他似乎是走到了室外，才聽清楚我說的話。

「記得，不要跟阿布說。」我提醒小草，請他自己開車過來就好。電話裡他有點躊躇，我正想繼續解釋，可是阿虎又靠過來，我只好匆匆掛上電話。

過了半個多小時，眼見最後一個學妹也讓人接走了，就剩下我跟阿虎。道路救援的人還沒來，小草也還沒到，就在路邊，我點起一根菸，萬般無奈地抽了起來。

「抽菸很不健康。」他忽然說。

「干你屁事呀，」我指著他的手，「很不健康的話，那你手上的是什麼？我一個星期抽的菸搞不好還沒有你一天多，好意思說我？」

「妳是女人嘛，以後還要懷孕生小孩，抽菸不好啦。」

「屁！大男人主義。」我懶得跟他多說，把一口煙吐得老高，然後將剩下半截香菸丟了。阿虎說他其實很想戒菸，因爲在幼稚園工作的關係，接觸到很多小朋友，看著他們，有時會覺得生命眞是充滿了不可預知的美好，所以他希望未來可以給自己的小孩一個健健康康的無菸環境。

「那好，你可以慢慢戒，我的話，就讓我繼續朝著肺癌的方向前進吧，反正我沒打算要生小孩。」我聳肩。

聊著，他問起我跟阿布，還問我們難道沒考慮到以後的問題，我說這沒什麼好考慮的，愛情本就沒有所謂的保存期限，什麼時候會分手也沒人知道，我們只是在這當下爲彼此付出，甘心去做每一件事，然後希望未來的每一天都能像這一天一樣平靜而快樂而已。

正說著，遠遠處又有車燈過來，那刺眼的白色燈光正是小草的車沒錯。我趕緊站起身來，走到路邊去招手。果不其然，車到旁邊停下，窗戶放下時，我看到小草的側臉，不過一聲感謝都還來不及說出口，他車子的副駕駛座車門開處，卻是阿布緊繃又嚴肅的臭臉。

「我還以爲妳會在家念書或睡覺的。」睨了阿虎一眼，又看看斜插在水溝裡的車，阿布冷笑了一聲，他既沒走過來看看我身上沾滿的灰塵泥土跟雜草，也沒問我是否有受傷，站在原處，只朝我努了努下巴，說了一句，「還捨不得走嗎？我們打牌打到一半呢。」

一整個無言以對，我知道自己沒報備一聲就出來玩不對在先，所以也不敢反駁什麼，而且出來玩也就罷了，還鬧出這個意外，到最後又得靠他幫忙。

「媽的你還是不是人呀？」結果是阿虎說話了，他往前站了幾步，就隔在我跟阿布之間，滿臉怒意的他大聲說：「你馬子有沒有受傷，你完全看都不看的嗎？」我嚇了一跳，剛剛撞車他都沒這麼緊張，現在竟然激動得不得了。

「我馬子受不受傷干你屁事？」阿布一句話回得很快，瞪著阿虎，他毫不示弱地說：「喔，不好意思，確實是干你屁事，因爲是你用屁股開車，才會把車開進水溝裡，害她受傷的。」

這話不說還好，一剛講完，阿虎已經衝了上去，一把揪住阿布的領口。但他也只有這樣的能耐而已，因爲下一秒，我就看見阿布一扭身反抓住阿虎的脖子，將他按倒在地上。我跟小草都還來不及過去勸解，阿布已經狠狠地一拳揮了過去，打得阿虎鼻血直流。

你只為了我而憤怒，是嗎？

14

我靜靜地幫阿布包紮好他的手。其實也沒大礙，不過就是指節有點腫，稍微擦破皮而已。比較要命的是阿虎，他被一拳打爆鼻子，躺在地上時還被阿布踹了幾下，後來他趁阿布被我們拉住時掙扎起身，抄起地上的石頭撲過來，結果又被阿布抬起一腳給踢中肚子，整個人抱住小腹癱倒在地。

我很想留下來看看他的傷口，可是小草叫我快點上車，整個衝突是因我而起，如果又留在那邊，這兩個男生一定又會打起來。

「對不起。」從上車、到家，一直到進了他宿舍，幫他包好傷口，阿布半句話也不跟我說。把繃帶、藥膏之類的收好，走出房門時，阿布一樣看都不看我一眼。

慢慢地走著，我和阿布的宿舍距離不算太遠，靜覷無人的街道只偶爾傳來幾聲狗吠。我一個人安靜地走，很想傳訊息或打電話給阿虎，這時候道路救援的人應該到了吧？他們把車子吊起載走，那阿虎呢？他怎麼回去？有沒有人幫他照料傷口？想著想著，最後不得已，我只好打電話給店裡幾個比較熟也認識阿虎的客人，請他們幫我留意一下。

怎麼會鬧成這樣？以後該怎麼面對阿虎，以及知道這件事的每個人？忽然有些慶幸，還好阿布來時，那些學弟妹們已經走光了，否則以阿虎那種老愛吹噓死要面子的個性，以後可能眞的永遠抬不起頭來了。

回到宿舍，點亮了燈，屋子裡一片空虛。我獨自坐在床緣，發現自己眞的很可憐，在急需一個擁抱時，連一個布娃娃都沒有，到頭來只能抱著枕頭，靜靜看著窗外慢慢變亮。很想知道阿布睡了沒有，他還在生氣嗎？我也有點搞不懂，究竟他今晚爲什麼氣成這樣？認識跟戀愛的時間雖然不長，但一直以來他都很溫和，待人也相當客氣，怎麼今晚語氣會那麼衝？甚至跟阿虎大打出手？

那阿虎呢？我不懂，那分明是我跟阿布的問題，他又跳出來講什麼話呢？這也不干他的事吧？如果他不這麼衝動地插話，阿布或許就不會如此激動生氣了。嘆一口氣，無言以對，我想了又想，想了又想，一直想到精疲力竭，最後才終於體力不支地睡著。

那之後的一陣子，我幾乎沒再見過阿虎，他好像蒸發了似地，晚上沒到店裡來，也沒打電話給我。問過老闆，也問過他那些學弟妹，沒人知道他最近在忙什麼，除了上課跟打工，好像就再看不到他了。有點忐忑，我始終沒把那晚衝突的事告訴過任何人，最近阿布也有些冷淡，我知道他不喜歡我的工作，事實上我也開始考慮，倘若爲了這點薪水而影響兩個人的感情，那確實是很不值得的。可是我應該立刻就辭職嗎？工作丟了，那我要去哪裡賺生活費？撐過了平安夜，也撐過了跨年，店裡接連辦了大型派對。雖然辛苦，但是薪水跟小費都高，而且也讓我避免跟阿布相處時的冷空氣。這陣子就算我們一起去朋友家打麻將，他也總是對我愛理不理的。

一直煩著這些人跟事，沒想到轉眼居然就期末考了。接連幾科都不是很理想，全部考完時，我步出學校，一點開心的感覺都沒有，甚至也不像嘉荷那樣，她說這眞是莫大的解脫。眞的是解脫嗎？我完全不覺得。寒假開始的第一分鐘，我只覺得壓力更大了些，因爲那表示除了上班，我有更多時候得面對一直不給我好臉色的阿布。嘉荷說她要幫我想想辦法，總不能讓我跟阿布一直冷戰下去。

「算了吧。」離開學校前，聽她這麼說，我皺眉。

「怎麼可以算了？」她瞪眼，「這樣也會影響到我跟小草耶。」

從宿舍到學校之間只隔了一條大馬路，走過天橋，很快就到家。當初挑這地方是爲了上學方便，現在反而覺得距離太近了，讓我沒有時間做好心理準備迎接假期，心裡想的都是嘉荷說的話。我當然希望她能幫得上忙，同時，也挺怕她愈弄愈糟。

「沒想到妳會寫考卷寫到最後一分鐘哪，瞧瞧現在都幾點了。」我走下天橋，轉個彎再不遠就到宿舍。正想摸摸口袋裡的大門鑰匙，竟然聽到一個很耳熟的女子聲音。站在轉角處的便利商店前，朝我慢慢走過來，手上拿著兩瓶飲料。她有著一頭長髮，在寒風凜凜的冬夜裡也紮著馬尾，絲毫不畏風寒。

「瞧妳這一臉苦悶，考試考得很糟嗎？」她把飲料丟給我，是一瓶溫熱的阿華田。「雖然是一種甜到會讓妳覺得不健康的飲料，至少在這種天氣裡還挺合適的。」說著，她晃晃一直挾在指尖的香菸，又說：「不介意先陪我抽完這根菸再上樓吧？」

「妳什麼時候來的？怎麼不先打電話給我？」我聽到自己聲音裡有些莫名的顫抖。

「找自己老朋友還需要提前預約嗎？」抬頭，遠方有中台灣沿海地帶特有的冬日晚霧，韻潔抖抖身子，「不過你們這裡眞的好冷，跟南部差眞多。我猜基隆這時候一定也冷到不行。可惜，一樣是很冷的地方，但基隆有下不完的雨，早餐店有賣甜飯糰，那是台灣的其他任何地方都找不到的。」她說得很輕描淡寫，我卻整個人身子一軟，只想縮在她懷裡痛哭一場。

下個沒完的雨、甜飯糰，還有妳們，那都是這裡沒有的。

雨停了就不哭

那遠去了的山呀、雲呀，還有那一幕天台上的風呀，
夜深人靜後才隱約浮現的昨日與昨日呀，
好遠好遠的城市裡有好苦好苦的滋味，難以承接。

我傻得以爲那五光十色的霓虹中有幸福存在，才忘了從前的好。
但雨還不曾眞正落下，所以看不見霽晴時的彩虹。

15

其實我們算是同一天考完期末考，只不過韻潔是日間部，所以可以在最後一天的考試結束後，直接搭車到台中找我。

「妳怎麼知道我住哪裡？」帶她到房裡，把小桌子拉出來，一起坐下。我發現半年多不見，韻潔除了原本就有的姣好面容，眉宇間更有股煥發的英氣。

「要找妳還不容易？妳是麻雀哪，我只要稍微豎起耳朵，聽聽看這附近哪裡有聒噪的聲音不就找到了？」笑著，在我抓起菸灰缸丟過去之前，她才肯認眞地解釋。

前陣子小紫跟梁子孝吃飽撐著開車出來兜風，我把這裡的地址給了小紫，而他們一路晃到台南去，也跟韻潔見了面，就是這麼一回事。

「我聽說妳在台中過得挺愜意，是吧？」跟我對面而坐，她一邊喝著溫熱的阿華田，一邊說：「不簡單哪，能讓兩個男人爲妳爭風吃醋，聽說還大打出手，是吧？」

「妳連這都知道了？」我很詫異，還以爲自己又回到那個密布鍾家眼線的基隆市了。

笑了一下，韻潔說：「聽說阿虎被打得跟豬頭一樣，是嗎？他在外面吃癟，怎麼可能不告訴梁子孝？梁子孝那個狗頭軍師既然知道了，當然小紫就不會不知道，小紫既然知道了，妳說我又怎麼可能沒聽到風聲？什麼事都是有邏輯跟痕跡可以追尋的，只要用點心思去看，其實都不難發覺吧？」

這話讓我覺得意有所指，不過卻不方便多問。韻潔的目光在我那沒幾本書的櫃子上掃了掃，抓起一本《變態心理學》翻了幾頁又放回去，然後才繼續說話，「本來我也覺得不可思議，阿虎算是個什麼東西？輪得到他來出頭？不過聽完小紫那些敘述，我大概就知道了。眞難想像，沒想到他居然有這種膽量跟氣魄。」

「可惜就是沒那能耐。」我苦笑。

夜不算太深，我打開電腦，播放的是很久以前常聽的流行歌，房裡迴盪的都是從前的氣息。韻潔說她現在除了上課，平常還在律師事務所打工，畢業後如果沒考上研究所，打算在最短時間內考到律師執照，開始實習。

「所以妳要當律師？」我咋舌，這可是個我們作夢都不敢夢到的職業。

「搞不好有一天我老爸會需要，對不對？」她笑了。

好久好久以來，韻潔永遠都是大姊，帶著我們這些小毛頭一步一步往前進，有她在前面爲我們擋風遮雨，每個人都過得很順遂，而曾幾何時，若干年後，離開了當年那個最常聚會的學校天台，我們竟能像現在這樣，面對面地坐在一起聊起未來，那種感覺眞的很不一樣。談到工作，當然難免也就談到感情，我又問韻潔，想知道從那些耳聞當中，她對我男朋友跟阿虎的看法。

「怎麼會問到我頭上來？」韻潔啞然失笑，「阿虎和我一向不熟，在我跟韓文耀還是死對頭的那時候，他根本連讓我多看一眼的資格都沒有。至於妳男朋友，叫做阿布，對吧？這問我就更沒意義了，因爲我連看都沒看過。」她頓了一下，「平心而論，妳問我是不對的，因爲我對這兩個人都不熟，對妳現在的生活也不夠清楚，所以無論怎麼回答都不會太客觀，就算具有一點點參考價値，也起不了太多作用，畢竟在這裡生活的人是妳，不是我，所以無論旁人怎麼說，最後一個下決定的還是妳，只要妳別當局者迷就好。」

見我點頭，韻潔又說：「不過一點看法當然是有的。恕我直言，一個被打成豬頭，但至少還會爲了心愛的女人義憤塡膺地出手的男人，跟一個聽說整天只會泡夜店、打麻將的死大學生比起來，妳說我選哪一個？雖然不管是哪一個，在我看來都沒什麼前途。」

嚇了一跳，我不知道這種形容是從何而來的，原本還以爲旁觀者的她可以有什麼客觀見解的，沒想到誤會最深的反而是她。我急忙解釋，「哪兒的話？誰沒事成天吃飽閒著就打麻將跟喝酒的？那只是很偶爾啦。」

「是嗎？」

「當然呀，阿布雖然有時候是貪玩了一點，不過他其實也是很積極向上的。他現在讀環境工程，當兵後也會朝這方面發展。老實說我覺得很喜歡也欣賞他的志向，因爲我學的是護理，護理照護的只是一個人的個體，環境工程要照料的是大環境，甚至整個地球，妳不覺得很了不起嗎？所以我也很常鼓勵他，甚至希望他繼續念研究所。」

「所以照妳這麼說，他是個有爲青年囉？」

「當然當然！就算期末考結束了，他也半點都沒放鬆，現在應該還在宿舍念書吧。」

我點頭如搗蒜，心想明天有空最好趕快打電話給阿布，叫他去剪個頭髮，最好乾脆也把鬍子刮乾淨、衣服燙整齊了再來找我，以免韻潔看到時會直接把印象分數給當掉。

哪裡知道，我才正想著呢，就忽然有人敲響房門。那瞬間我心裡暗叫一聲不妙，這半年來我的房門就只有阿布敲過，大概是樓下的鐵門沒關，所以他直接就上來了。懷著忐忑的心，我打開房門，出乎意料之外地是嘉荷。

「寒假快樂！」嘉荷一聲歡呼，給我好大的擁抱，說著，她把手放開，彎腰提起擱在地上的兩大包菜餚，「妳最近跟阿布有點小摩擦是吧？別這樣嘛，都考完試了，有什麼不高興的，也應該先放一邊去吧？今天晚上我來給你們當和事佬，大家吃個火鍋，歡歡樂樂到天亮！」

我眼珠子差點沒迸出來，嘉荷後面是個子很高的小草，他肩膀上還有一整箱啤酒，而最要命的是，小草後面站著我的男朋友，他臉上露出開心的表情，看來所有的陰霾已經讓小草跟嘉荷一掃而空，我相信今天晚上他確實是帶著喜悅來找我的，只是非常可惜不湊巧地挑錯了時間。

「你們好，我是鍾韻潔，她以前國中時候的死黨。」韻潔拍拍我肩膀，走過來門口打招呼。

「韻潔，我給妳介紹一下……」我尷尬至極地說：「這是嘉荷，我現在的同學，然後這位是小草。」最後，我指著阿布，這個據我瞎掰現在應該在宿舍苦讀環境工程學的傢伙，他手上還抱著一盒麻將跟牌尺。「這是阿布，我男朋友……」

人生最悲慘的不是自己演自己的戲，而是寫了一個劇本後卻沒人照著演。

16

那一夜愈到後來，我就愈是提心吊膽，韻潔雖然臉色非常難看，倒還是很給面子沒掃大家的興。我把床底下的小瓦斯爐搬出來，他們煮起了火鍋，韻潔也幫忙洗菜。酒足飯飽後，阿布眞的把麻將盒打開，一夥人圍坐著就要開賭。我原以爲韻潔會當場掀桌子，沒想到她居然說了一句，「都不知道幾年沒玩了，正好練練牌技。」就很自在地坐下。

在韻潔的下家，我不敢吃她丟出來的任何一張牌，就算要胡也忍著不敢喊，後來搬風，她坐到我對面去，打牌時我更是連看她一眼都不敢，從頭到尾只能默不作聲，心不在焉的結果，是一整晚麻將打下來，我足足輸了七八百元，而她果然是大贏家。

「學姊妳的技術很好耶。」喝得微醺的阿布居然跟韻潔攀起關係來。

「不要叫我學姊，我不喜歡這種稱呼。」韻潔在跟他對話時，總是保持著一定程度的冷淡。

「差不多嘛。」他嘻嘻笑著，居然還要敬酒。韻潔也絲毫不避，拿起鋁罐裝的啤酒一飲而盡。

「哇！女中豪傑！下次我們一起去喝酒，妳這種人才是眞正的好酒伴嘛！」阿布已經開始失態，居然在半夜裡大聲嚷嚷，而韻潔給他一個很平的微笑，然後牌尺一推，對阿布說：「不好意思，你又放槍了。門清、混一色、連三拉三，總共十二台，請給錢，兩百九十元，謝謝。」

在我房裡一直打牌到天亮，最先醉倒的果然是阿布，接著是在旁觀戰，最後也不支倒地的嘉荷，她睡得很甜，就倒在小草懷裡，而小草也呵欠連連，我幾乎快要閉上眼睛時，韻潔剛套上外套，揹起行李準備下樓。

「不好意思，不曉得他們會忽然跑來。」韻潔不要我送她去搭車，堅持自己到校門口對面去等公車，她態度很堅決，我看得出來那是因爲她現在非常不爽。

「沒關係。」她這個人就是這樣，一旦脾氣上來了，語氣就會變得非常冷淡跟疏遠。

還是陪她走下樓梯，開了大門，臨走前，可能是硬逼著自己調適情緒吧，她終於回過頭來，對我說了幾句話，「起初聽到阿虎跟妳男朋友的問題時，我沒有打算表態，因爲我相信這些小兒小女的狀況應該難不倒妳，都這麼大個人了，也該知道怎麼處理才對。不過……」抬頭，看看我那沒關緊的房門，她的視線很深遠，像是能夠穿透那道牆，看到裡頭那睡得東倒西歪的三個人似的。她嘆了一口氣，「如果這就是你們在一起時的休閒活動，那我眞的無言以對，希望妳自己好自爲之。」

就因爲這樣，所以我跟阿布又吵了一架。他完全不記得自己喝醉時說過些什麼，那些酒酣耳熱之際跟小草兩個人滔滔不絕的黃色笑話、打麻將時東拉西扯說個沒完的樣子，他全都忘得一乾二淨。

我怎麼也想不到，男朋友跟最要好的朋友第一次碰頭居然會是這種場面，要多難看就有多難看。我跟阿布說，韻潔是個非常直接的人，她從來不對朋友有過分的要求，有任何情緒與反應都會很快表現在臉色上，不會僞裝與欺瞞別人，他那一晚的失態，一定讓韻潔非常不開心。

「那就是她自己的問題了呀，不然爲什麼我們都玩得很高興，她就偏偏要擺一張臭臉？再說，我們也是好意找她一起玩，不想給面子或不高興的話她可以先走嘛。」

「凌晨四五點你叫她先走？」我聽得大怒，「要叫她走去哪裡？她大老遠從台南來看我耶！你們要來喝酒打牌胡鬧也不先通知一聲，搞得那麼尷尬，還說是人家不給面子？你到底知不知道自己在說什麼？乾脆叫我也一起出去算了。」

「凶什麼凶呀？本來就是呀，有人拿刀架她脖子上逼她喝酒打牌嗎？」阿布也生氣了，我很少對他大聲說話，這大概也是他第一次吼我。農曆年前，隱忍了好幾天，我終於忍不住要對那天的事發作出來。本來以爲事過境遷，不會這麼激動的，沒想到阿布的態度依舊，當場就讓我的火山整個爆炸。

「問題是沒人知道你們要來呀！來之前爲什麼不先打電話？你又知道她也愛喝酒打牌了？」瞪著他，我說：「你知不知道，我在她面前幫你說了多少好話？韻潔跟我認識多久了，至少七八年有了耶，她是我非常非常重視的朋友。你也不想想看自己喝成什麼樣子？臉都被你丟光了，你還好意思說不高興叫她可以先走？」

「七八年朋友很了不起嗎？那不然妳現在也可以走了呀！」結果他比我更生氣，又大吼一聲，讓我完全傻眼。

「所以妳就這樣跑來找我？」律師行裡，每個人都忙進忙出，韻潔的座位上堆滿卷宗跟文件，她幾乎連抬頭看我的時間都沒有。

「不好意思，會不會給妳添麻煩？」有點小心翼翼，這麼多年來，唯一一個讓我說話要特別留意措詞的，就只有她了。

「說什麼傻話？不過我現在眞的很忙，先坐一下，等我把案子處理好再說。」韻潔一邊翻閱檔案資料，手上的紅筆不斷批註記錄著一行行的小字。律師行很大，就算不靠著上次她給我的名片，光是跟計程車司機說一聲，也可以很順利找到。韻潔已經在這兒打工快兩年，擔任助理工作。她剛處理完一份文件，跟著電話響起。

「找沈律師嗎？不好意思，他不在，請問哪邊找？」把話筒夾在肩膀上，韻潔的手還繼續另一份工作。我原本已經昏昏欲睡，聽到她的聲音又睜開眼睛，跟著她的視線看過去，我發現那位沈律師明明就坐在韻潔的對面。

「不必問他什麼時候回來，因爲這件案子目前還卡在我桌上，」韻潔語氣很簡潔明快，也絲毫不帶情面地說：「葉律師是吧？我告訴你，今天下午三點之前你如果不能跟你的當事人談妥，把合理的賠償條件提出來，那大家就不要浪費彼此的電話費，直接上法院就可以了。至於什麼是合理條件，你當律師那麼多年，一點行情概念總該有的，不需要我們這種小助理來提醒了吧？」一串連珠砲似地講完，根本不管對方還想說什麼，她已經直接掛了電話。

「這種人不需要跟他浪費時間吧？」看看那位沈律師臉上有滿意的微笑，我只覺得韻潔好厲害。

就這樣接接電話，又處理一堆文件，都傍晚五點過了，她這才從繁重的工作中脫身，走過來拍醒已經睡著的我。

「妳接電話的樣子看起來眞的不像助理。」我說。

「沒辦法，有時候人家吃定妳是小女生，會看不起妳，這樣工作會很難處理，所以必要時就是非得強硬一點不可。」說著，她露出微笑，「不好意思，忙到沒時間招呼妳。這陣子期末考，很多案子都沒處理好。從台中回來後一直趕到現在，都是過年前要搞定的，因爲年假期間律師行沒開門，但是過完年就要上庭。」一邊走，韻潔一邊說：「那些大律師、小律師們都是一個樣，什麼案子不分民事、刑事，反正他們接了，就把資料先丟過來，讓我們慢慢整理。」

帶我到律師行附近的麥當勞，就在成大旁邊。韻潔點了兩份餐，開始大口吃了起來。看著她狼吞虎嚥，我反而一點胃口都沒有。

「吃完還得回去加班呢，如果有時間，本來想帶妳去吃點小吃的。」啃著漢堡，韻潔說：「吃吃看妳就知道，我在這裡過得有多痛苦。每個人都說台南小吃好，但我就是不喜歡那種什麼東西都很甜的口感，妳吃過甜的牛排嗎？那種味道眞讓人不敢恭維。」

我笑了出來，才吃一根薯條，韻潔又問我怎麼會忽然跑來台南，現在已經很接近過年，理論上我應該回基隆幫我媽整理環境才對。

「算了吧，我媽根本不在。」笑一下，我說。老媽自從參加慈濟功德會後，一天到晚忙著當志工，根本沒多少時間在家。這個農曆年她早有安排，報名要到嘉義大林慈濟醫院去，連續六七天都不會在。所以說是遺棄也好，流放也好，反正今年過年我甚至連基隆都可以不用回去了。

「那妳可好了，」還在呑漢堡的韻潔說：「我要做到除夕前一天才能休息，然後跟一堆人擠在客運站裡，也不曉得大年初幾才能塞回到基隆。」說著，她忽然問我，「男朋友呢？就算不回老家，總還有男朋友可以陪妳吧？」

「這個嘛……」我躊躇了一下，老實說我還沒有心理準備，沒想到這麼快要談到這件事的。

「吵架了？」

點點頭，那天之後，我跟阿布完全沒聯絡。後來想想，或許是當時我的語氣太急了一點，之所以會這樣，也是因爲他那一晚的表現讓我太沒面子，偏偏韻潔又是對我太重要的人。當然，他會對我吼，或許也是我咄咄逼人的結果，才讓他惱羞成怒吧？

「我想問問看妳的感覺或意見。」把後來發生的爭執告訴韻潔，我問她。

「上次不是說過了？我的看法不夠客觀。」

「但至少有參考價值。」我勉為其難地笑了一下。

「這樣說吧，在還沒見過他前，我都覺得無所謂，但是見過之後，當然就會有具體一點的看法。本來這些我覺得也沒什麼好說的，妳若不問，我也不會提。那天的事我先跟妳道歉，因為我個人因素，害妳一整晚都不好受，是我不對。」她把一根薯條叼在嘴邊，像極了她平常抽菸的樣子，「妳會來找我，理由我多少也猜得到一二，肯定會跟他有關，否則以妳的個性，放假當然會窩在男人身邊，怎麼可能大老遠來找我，對吧？」

我無聲地默認，韻潔點點頭，繼續說：「如果我看到的那些，就是妳在台中所做的一切，那坦白講我還挺失望的，妳老媽辛辛苦苦讓妳讀到二技，她應該不會希望妳一天到晚泡夜店或打麻將。至於男朋友，妳要讓我說的話，我會告訴妳：阿虎很懦弱差勁，沒腦袋、沒擔當又死愛面子，老實說，在絕大多數的時間裡，我對他是根本瞧不上眼的。不過，至少我也從沒聽誰說過他喝醉酒後會胡言亂語，又惱羞成怒地對自己的女朋友大吼大叫，光憑這些，我相信答案就很明顯了。妳如果夠聰明，早就應該已經做了決定。會來找我，那表示其實妳什麼都看不開也放不下。」

看我無言，韻潔又補了一句話，「別以為我在替誰說好話，他們在我眼裡都不算可以依靠的男人，我只是就我自己的眼光，在兩個爛貨當中，挑一個比較不爛的。」說得很直接也很難聽，我知道那是韻潔的個性，而她確實有資格這樣批評。

「我知道自己在幹什麼，也想選一個對我比較好的。老實說，我不覺得現在的生活哪裡不好。」我鼓起勇氣，想把話說出來，「至少我覺得目前的日子過得很開心。」

「所以我說其實妳根本下不了決心，也做不了什麼決定，而且只能安於現狀，一點改變的勇氣也沒有。既然這樣，那妳現在可以搭車回去，繼續過妳認為好的日子了，我不會介意。」韻潔很乾脆，很斬釘截鐵，把薯條往桌上輕輕一拋，端著還沒吃完的餐點，站起身來，她說：「妳要跟誰在一起，這個我絕對管不著，但至少我能決定我要跟什麼樣的人一起吃飯。」

從一堆爛貨中挑出來的其實還是爛貨，這是最殘酷的道理。

17

從赤崁樓離開，在艷陽下沿著民族路一直走到北門路，途中經過很多店家、百貨公司，我卻一點逛的興致也沒有，手上還有大半杯在赤崁樓對面買的冬瓜茶，很甜，甜得讓人心裡發酸。

北門路上一堆書店，走走看看，半本書也沒買。留連其中時，我想起很久很久以前，還跟小紫在基隆的時候。基隆沒有什麼大規模的書店，不過小書店倒不少，我們也常這樣一家逛過一家。那是她跟梁子孝在一起之前的事了，應該是國三那年吧，有一次我們逛書店時遇到阿虎，本來以爲跟蹤他可以看到什麼有趣的事，哪曉得跟到鐵路街那邊的巷弄中，看到的竟是一場驚心動魄的鬥毆事件，那次雖然沒有鬧出人命，耀哥卻因此坐了牢。我的印象還很深刻，站在陸橋上，耀哥獨自一人被逼到角落，包圍他的就是韻潔她老爸的手下。我們原本都以爲耀哥會被圍毆，但沒想到那居然是個陷阱，梁子孝拿自己老大當誘餌，把這群人引誘到角落裡，自己則帶人從後頭包圍，結果把對方打得落花流水。

當年這件事讓韻潔跟梁子孝幾乎成了死仇，沒想到滄海桑田後，她居然也接受小紫跟這個人交往。視線飄過一整櫃的書，我在想：什麼時候韻潔才會接受阿布？難道也非得要經歷過那麼多驚天動地的大事，非得要有人受傷流血，這樣才叫刻骨銘心嗎？愛情怎麼就不能輕鬆愉快？我們打打麻將有什麼不對？那只是大學生很正常的消遣而已不是？走出書店，陽光映得眼睛生疼，一時之間竟然分不清東西南北，也不知道人海茫茫，究竟自己該往哪裡去。

韻潔很不高興地離開，留下我一個人坐在麥當勞裡，直到面前的一杯咖啡都冷掉了，也沒喝過半口。我知道自己並不怪她，韻潔本來就是這樣個性的人，老實說，當了她那麼多年跟班，沒有她就沒有我，現在我又能怪她什麼？只能說道不同不相爲謀吧？

我沒因此就打道回府，一個人找家飯店住下，身上的現金還夠待上幾天。回去又怎麼樣？跟阿布繼續吵架？不知道還有什麼好吵的，我也不想苦著臉面對他。就這樣在台南漫無目的地晃了兩天，還在統聯客運站買了什麼觀光護照，按照上面規畫的行程走訪了幾個古蹟，可是愈走就愈難過，爲什麼我會是自己一個人來玩呢？身邊沒有阿布，也沒有那些老朋友，怎麼會這樣？晚上窩在飯店裡，我都很想打通電話給誰，也會不時到飯店大廳的公用電腦去上網，想看看有沒有人留言給我，但是沒有，一切都是空的，只有我一個人在還不算太冷的台南市靜靜地度過這兩晚。最後我依然沒勇氣回台中，拎著行李走到客運站時，買的居然是前往台北的車票。

如果韻潔不認同，那至少可以找小紫吧？我不奢求小紫有多麼認同阿布，至少她可以幫我跟韻潔解釋一下吧？高速公路上的車很多，停停走走了好久才到台中，而偏偏它又開進中港轉運站。稍作休息的十分鐘裡，我沒下車抽菸，反而窩在大巴士最後面的位置，一個人靠窗發呆。這是多麼熟悉的場景啊？如果不是那一天，我把裝了皮夾跟一些資料的文件遺忘在客運車上，就不會在轉運站外遇見向我伸出援手的阿布，如果不是那一天，當然可能就沒有後來的種種。我幾乎都快遺忘了自己半年多前剛來台中時的心情了，又怎麼會想得到，阿布後來成爲我男朋友，而我們會因爲我最要好的朋友大吵了一架。

想著想著，客運車不知何時又繼續上路了。心情就隨著這一路起起伏伏，許多回憶不按照時間前後地紛至沓來，當我到了台北，轉乘捷運到公館，踏進梁子孝工作的那家咖啡店時，想到的正好是上次我跟小紫在這裡聊天時的畫面。

「小紫晚一點會過來嗎？」我問了一下，梁子孝解下身上的圍裙，搖搖頭，說今天小紫有家教課，兩個人不會碰到面。

「那……」本來我想直接離開，但轉念一想，或許眼前這個人可以給我一些意見。

「認識小紫那麼多年，妳知道她的口頭禪嗎？」既沒打算要回宿舍，也沒什麼事好忙的梁子孝就這樣被我留在店裡，默默聽完這漫長的故事，但卻問我一個無關緊要的問題。

「口頭禪？」

「對呀，」梁子孝說：「妳莫名其妙跑來問我這些事，如果讓我按照她的口頭禪來回答，我就會說：『干我屁事？』」

「喂！做人用不著這麼絕吧？」我差點沒傻眼，這是什麼回答？

「不然妳告訴我，這些有的沒的需要費心嗎？我覺得就算用腳趾頭去想都嫌浪費時間。更何況，這些跟我到底有什麼屁關係？」他很難看地在我面前挖鼻孔，用完全不當一回事的表情說話。然後我就知道我真他媽的找錯人了。

有話，要找對的人說，我懂了。

18

沒遇見小紫，又跟梁子孝浪費了大半天時間，好不容易回到基隆時，都已經是晚上了。老媽不知道我要回來，大概又去哪裡當志工了，家裡沒半個人。睡了個囫圇覺，天才剛亮沒多久，騎著家裡的車在基隆市區閒晃，最後我逛到八斗國中，很想再回那個天台上去看看風景，只可惜寒假期間大門深鎖，我站在校門口惆悵不已。

當夜幕低垂時，我才搭車回台中，這次我沒遺忘任何東西在客運上，下了車，自己轉乘公車回學校，走在横亙校門口的天橋上，我有一種很複雜的心情，卻怎麼也說不上來。

撥了兩通電話給阿布，完全沒人接聽。不想像剛來台中時那樣孤單單地一個人窩在宿舍裡，也不想到上班的店裡去看見其他熟人，於是我洗了澡，換了衣服又出門。反正台中的夜店一大堆，總有可以去的地方。

混到大半夜，認識了一些來搭訕的男生，比較順眼的我也跟人家交換了聯絡方式。不過一回到家，幾張抄寫電話號碼的杯墊就丟進了桌上的菸灰缸裡。瞄一眼，我在想，眞的會打那些電話嗎？當然不會，這些人對我都無關緊要，不過就是稍微聊得來而已，而且這樣的人要多少有多少，只要坐在酒吧裡，總會有人過來攀談打屁。妝也沒卸，衣服也沒脫，躺在床上就睡著了，過中午才被電話吵醒，阿布說他在樓下。

「妳剛回來？」讓他進了房間，阿布看著我沒整理過的行李問。

搖頭，我說其實昨晚就到台中了。

「是嗎？怎麼不跟我說？」他沒有什麼表情，語氣也還帶著一點冷淡。

「我打過電話，是你不接的。」我說：「你自己看看手機，別跟我說你沒發現有未接來電。」

「我怎麼知道那表示什麼？妳又不留言或傳簡訊。」他怎麼一副像是來吵架的樣子？我皺著眉頭，忽然不曉得該說什麼才好。如果連這都要強詞奪理，那我看不管說什麼我都吵不贏了。阿布拉開椅子坐下，又問我爲什麼身上穿的不是睡衣，臉上也還有妝。「妳昨天晚上不在家嗎？」

「去喝酒，回來就睡了。」我不想起任何爭執，他要問，那我就回答。

「自己去？還是跟妳打工那邊的朋友？」

「自己去的。」

「這是什麼？」看著菸灰缸裡那些抄了電話的杯墊，阿布皺著眉頭，「妳在那種地方上班也就算了，現在還一個人到其他夜店去，萬一又出事了怎麼辦？」

「不要用『那種地方』這四個字來形容我的工作場合，至少我們店還上過報紙，被推薦過，你去的才是會有爛客人搭訕不成就把帳單賴在別人頭上的那種爛店。」這話不說還好，一說我就生氣了，「況且昨天晚上如果眞的出什麼事，打你電話你死不接，我又有什麼辦法？」

「想吵架是不是？」一怒，他站起身來，手在桌上用力一揮，那個玻璃菸灰缸飛了出去，直接敲在牆壁上。很清脆的聲音響起，它就這麼碎了一地。

「一聲不響跑出去那麼多天，回來半句交代也沒有，結果自己又去外面玩！妳到底有什麼資格對我發脾氣？」他的聲音很大，在小房間裡迴盪著。

「你以爲我去哪裡？我去幫你處理善後耶！要交代什麼？你給我交代的機會嗎？電話打過去不接，看到未接來電也不回，現在也不問清楚就開始摔東西，你給我機會交代嗎？我能交代什麼？是誰先對誰發脾氣？你覺得你像是脾氣很好的樣子來找我講話的嗎？」我氣憤地站起身來，音量不亞於他，「這樣好了，你直接一點，清楚明白地告訴我，我該怎麼做？我怎麼做才能讓你滿意？」

「妳先把工作辭了再說。」

「憑什麼？」

「就憑我是妳男朋友，我不喜歡妳在那種地方上班！那麼缺錢嗎？缺的話我養妳沒關係，不必去那裡讓一些人吃飽撐著就來糾纏不休！也不必讓妳那些什麼老朋友一天到晚跑出來七嘴八舌，干涉我跟妳的生活！」說著，他轉身走到門口，離開前還對我撂下一句話：「要不要維持這段感情，妳自己看著辦！」

我可以給一千萬個交代，但前提是得有人願意聽我說。

等了大約二十分鐘，一頭長髮紮成馬尾的老闆才姍姍來遲。店都開幾個小時了，他也漫不經心，吊兒郎當一派悠閒地走進來。

「這麼有閒情逸致，不用上班還出現在這裡，看樣子肯定不妙。」看到我第一眼，老闆居然就這麼說，眞讓人嚇了一跳。

坐在吧台角落，我把事情約略說了一下，向他表示想要辭職的打算。老闆聽完後，沉吟了一下，這才開口，「想知道三十歲男人對這種辭職理由的想法嗎？」見我一臉專注，他輕鬆一笑，說：「簡直是屁話。」

饒是如此，他還是答應了我的辭職，並且請老闆娘立刻結算薪資。很豪爽地把錢交到我手上時，老闆說：「我不知道妳怎麼看待這段感情的，不過既然都是成年人了，妳一定是經過考慮才會下這決定，所以相信不管我們說什麼都沒用，對吧？」

我點點頭，沒開口回答，也實在不知道該怎麼回答，原以爲這種臨時辭職的表現一定會讓他很不高興，也會讓他們排班時面臨人手調度的問題，沒想到他卻一點責怪的意思也沒有。

「所以，我只能說可惜。」老闆笑了笑，「恕我冒昧說一句，如果哪天你們分手了，辭職理由的存在條件消失了，妳也還有意願的話，歡迎隨時再回來。」

除了感激，眞的已經無話可說。我喝著老闆請的調酒，心中無限感慨。這間坪數不大，客人也不多的小酒館，是我來台中後的第三份打工，雖然爲時不算太長，卻第一次讓我有著「家」的感覺，至少我可以很清楚感覺到每個人對彼此的關心與在乎，當然，還有體諒。喝酒時，老闆也提醒了我一下，要我最好告訴阿虎這消息，畢竟當初是他推薦我來的，現在我突然辭職，禮貌上應該知會知會。

要跟阿虎說一聲也不是一件難事，畢竟他是這裡的常客。然而自從上次去都會公園發生意外，他被阿布打了一頓後，就消失了好一陣子，不常來店裡，跟我也幾乎沒聯絡。我正想著該怎麼找人呢，結果不到幾分鐘時間，一群客人進來，就看到阿虎也在當中。

我主動向他招手，問他，「方不方便談談？」

在來之前我就想過，如果遇見阿虎應該怎麼說。對付其他人或許有點難，但阿虎我已經認識太久，這個人的個性我也不是不清楚，要跟他解釋一下應該不會很複雜。不過一坐下來，我就發現這個想法太過簡單。對坐在小沙發上，中間隔著一張木桌，我卻覺得兩個人距離好遠，無論我說什麼，他好像只會揪著一張臉，聽我說話時偶爾點點頭，「嗯哼」幾聲而已。

「所以你的傷沒事了吧？」

他點頭，若無其事的樣子。

「跟你說一下，我辭職了。這裡的環境很不錯，可是我的成績不太好，這學期能不能過關都還不知道。前幾天跟我媽聊過，她要我先把課業顧好，打工等下學期之後再說。」

不想提到阿布，我胡謅了一個理由。剛剛在阿虎出現之前，老闆已經說了，他會代我隱瞞事實眞相，畢竟這種三角關係能盡量簡單處理是最好，他也不希望阿虎以爲是因爲追求我失敗，才導致我離職。

「是嗎？那很好啊。」他聳肩，一臉愛理不理的樣子。

「不管怎麼樣，還是很感謝你之前介紹我來這裡打工。」話說完，我決定站起身來離開。這陣子已經太常吵架，我實在不希望連阿虎都來湊一腳。他的個性我很清楚，告白失敗是第一個打擊，我到台中後很快就交了男朋友，這是第二個打擊。最嚴重的是，他爲了逞強，結果把車開進水溝裡，還因此被我男朋友揍了一頓，這簡直是奇恥大辱。一向都很愛面子的他，絕對承受不了這些挫折。簡單說完，做了交代後，我現在只想回家。

說了再見，也跟店裡其他人打過招呼，我坐上機車，正準備戴安全帽時，阿虎推開門走了出來，「其實妳是因爲他才要辭職的吧？」劈頭一句就開門見山，讓我有點錯愕。

「不管阿布的看法怎麼樣，我的成績不好是事實，比起以前念五專時，功課眞的退步很多，我認爲這是我現在不方便繼續工作的主要原因。」我得踩穩立場才行。

「妳一天到晚跟他打麻將、逛夜店，才會耽誤讀書的時間吧？一個星期只上一兩天班，能耽誤到哪裡去？」

天哪，爲什麼會這樣呢？我看著阿虎，他也盯著我。要吵架嗎？他臉上沒有怒意，也沒有激動的語氣，但講起話來那根刺眞的讓人很不舒服。

「聽著，你沒有跟我生活在一起，不見得眞的了解我一天到晚所做的事。我的朋友很多，就算打麻將或逛夜店也不全然都只跟誰一起去，所以請不要用你的印象跟想法來套在我身上，可以嗎？」

「如果他眞的那麼貼心跟細心，知道要陪著妳讀書的話，難道會讓妳有機會把成績弄爛？」阿虎還在說。

「夠了，他怎麼樣都是我跟他的事，你不高興看可以不要看，可是不要拿這些來做文章。」結果先按捺不住的是我，「我有沒有乖乖讀書，有沒有跟誰出去玩，跟我男朋友除了打麻將之外還有沒有其他事可做，這些用不著向你一一報備，至少在你還不是我的誰的時候，我不需要這樣做！」

「爲什麼妳只會看見自己想看見的？都看不見別人爲妳做的？」他也提高了音量。

「那是因爲我不想看見一些愚蠢的白痴盡幹些無聊舉動來討好我！」我的情緒很激動，說話的音量連自己都嚇了一跳，「接受我給你的理由跟解釋就好，拜託，其他的請你省省吧！別再製造我的困擾，別再讓我更討厭你了行不行？」

到此為止，不好聽的話以後我不想再聽了。

雨停了就不哭

那一時那一刻起，蒼翠凋零，嫣紅漸褪，弦走了音。
我們說好的幸福如沙漏過指縫間，風正揚起。
而接續舊時光的人影一一浮現在記憶的片段中。

漂葉般逐流在豔夏將盡的西陲之地，
我哭，只因那場雨就要落下。

20

好熱好熱的天氣，什麼都要蒸發或融化了似的，即使只是簡單地走幾步，都覺得有濕黏黏的汗水流下來，原來這就是中台灣的夏天。以前上學我還會走陸橋，過了快一年後，現在我會站在路邊等號誌，一變紅燈就加快腳步通過。雖然校門口的大馬路上沒有斑馬線，真正乖乖上陸橋的人也還不少，但跟我一樣違規穿越馬路的更多。畢竟，沒有人想在那細瑣又漫長的陸橋階梯上多流一滴汗。我很慶幸自己是夜間部，至少可以不必在大白天裡慢慢走。一年級下學期即將結束前，最熱的夏天正式開始。

「等一下放學有沒有事？」下課時，嘉荷問我，我搖搖頭。「想不想出去晃晃？小草說他們今晚要開車去跑西濱，可能會一路飆到新竹去呢。」

「都快期末考了耶，還玩呀？」我皺眉。

「又不是每天都去，有什麼關係？」她拉著我的手，「上次逛街，妳說不去，後來大家要夜遊，妳又不去，有沒有這麼難約呀？」

拗不過，最後我只好點頭。

出來晃晃或許也好，離開小酒館已經快半年，我幾乎沒再回去看過那裡的朋友，生活變得好封閉。沒有打工就沒有額外收入的我，生活一直處在拮据的狀態。雖然阿布很幫忙，也總不能什麼要都要他出錢，所以能避免的花錢活動最好還是盡量避免，就算一起去打牌，通常也是阿布在打，我就坐在旁邊聊天或者看電視。

「你這兩天在幹麼？人又失蹤了。」坐上車，真的上了西濱就一路狂飆，一直到快接近新竹的海邊才減速，外頭是涼快的海風，看出去黑鴉鴉的海面上什麼也沒有，只有一整排亮黃色的路燈映眼，我們四個人就在堤防邊坐下。

「也沒幹麼呀，在家打電動而已。」阿布聳肩，喝起了啤酒。

或許幾個月前那幾次嚴重的爭執，讓彼此心裡都有點直到現在還化不掉的芥蒂吧？辭去酒館工作後，我們有好些天都沒聯絡，他不找我，我也不想找他，直到嘉荷跟小草都看不下去了，把我們從宿舍裡拖出來，硬是要湊足四個人一起去吃飯逛街看電影，阿布這才願意放緩語氣對我說話。然而即使如此，私底下我們的感情似乎也變得有點平淡了，不像剛在一起時那樣，他幾乎每天都來找我，或者留我在他宿舍過夜。

「還在打電動？期末考了耶。」我說著，忽然打了一個哆嗦。這裡的海風雖然不冷，一直吹著也不免感到寒意。

「知道了，不用擔心我，這幾年我一直都這樣打麻將打電動，結果還不是風調雨順、國泰民安地每學期都過關？妳自己才小心一點。」說著，他起身走到車子那邊去，回來時，手上多了一件薄外套。

「出門記得帶外套，夏天也是可能會感冒的。」阿布話中有溫柔的語調，把外套披在我肩上。

讓彼此冷靜一陣子，是最好的處理方式。可以因此讓一些心裡的不愉快暫時放下，相對地也犧牲掉了一些以前常有的玩樂，不過至少我把成績稍稍拉回了一些，這學期的期中考很順利過關，期末考應該也不會太差。

阿布的大學生涯裡最後一個暑假了，很可惜我反而沒太多時間陪他，因為長假期對我們這些二技的學生而言，是非常重要的實習階段。

「學妹，這個妳知道怎麼做了吧？」常常就是這樣一句話，學姊把準備好的東西交到我手上，然後我就得去面對病人了。五專時已經拿到證照，我有一般護士的工作資格，學姊們可以輕鬆很多，不需要什麼都跟在旁邊一一指導。但對我們這些實習生而言，如果是班上那些白天就在職場打滾的同學可能還好，反之，像我跟嘉荷這種除了教室之外，幾乎沒有臨床經驗的人可就不妙了，每次站在患者面前，我都覺得自己的證照好像是買來的，一點都想不起來該怎麼做。嘉荷更慘，她經常一個轉身就忘了正要做的工作，有時病人積了一堆，大家都不知道各自接下來的診療內容是什麼，偏偏負責引導他們的嘉荷也在醫院裡東晃西盪，搞不清楚到底自己在幹什麼，所以一個月的外科實習期間，我最常看到的，就是手足無措的病人、氣急敗壞的學姊、哭笑不得的醫生，還有連天都已經塌下來了，還很悠哉在吃便當的嘉荷。

「不好意思啊，拉妳跟我跑同一條實習路線，結果害妳一天到晚被學姊白眼。」把制服換下來，也將紮起的頭髮解開，我們拖著疲憊的步伐走出醫院。這種大醫院的患者非常多，一天實習結束時，大家都累得跟狗沒兩樣。

「還好啦，換個角度想，就是不管學姊對我們再怎麼不爽，至少都有妳在我後面當墊背的。」苦笑一下，我都不知道這到底算不算是調侃了。

「妳覺得我應不應該放棄？以前五專時我就有過這種感覺，自己好像不是很適合走這條路。」沮喪至極的嘉荷問我。

「說什麼傻話？外科不適合，不代表其他科別也不適合呀。」我拍拍她肩膀，「多給自己一點時間去調適，而且以後還有很多單位的實習，慢慢找慢慢看嘛，總會有安身之處的。」我用充滿母愛的語氣鼓勵她，「妳看，今天妳就表現得很好呀，學姊雖然嫌妳動作慢，可是至少把該做的都做完了，一樣東西都沒遺漏掉，這不就很好了嗎？」

「是嗎？」

「是啊是啊，」我笑著說：「妳要知道，在護理的工作中，最主要的任務就是照護病人的身體健康，而在照護別人的身體健康之前，首先我們得要維護自己的心理健康，要有健全的自信跟觀護理念，才能順利進行每一項工作，對不對？相信我，妳眞的是很棒的。」雖然已經是傍晚，我卻覺得外頭的陽光好明朗，人生彷彿充滿了希望。不過就在我話剛講完時，嘉荷的手機響起，我完全不用湊過去，就聽到學姊在電話裡大喊：「嘉荷妳在哪裡？剛剛我交給妳的病歷妳拿到哪裡去了？還不快點給我回來找！」

「病歷？」我愣了一下，看著差點沒被震破耳膜的嘉荷，「什麼病歷？妳放在哪裡？」

「我不知道啊，我沒有拿，應該是已經歸檔了才對啊，不可能會不見吧？我可以確定，眞的啦……那份病歷應該不在……」驚魂未定的嘉荷還在大口喘氣，只見她趕緊打開包包，就看見她拿出幾張已經被摺爛的紙，那上頭寫的是病人的資本資料跟診斷內容，赫然就是一份病歷。

「不在……」她臉上已經有眼淚，「不在我這裡才對呀……」

誰沒有「菜」過？對不對？

共勉之。

有個典故是這麼說的吧？入鮑魚之肆，久而不聞其臭。醫院的消毒水味道也是，每天走進醫院，我都有想掩鼻的厭惡感，但工作沒幾分鐘後，這種味道就好像消失了似的，身體像是慢慢習慣，並且接受了。甚至，就連因爲嘉荷的關係，而招來學姊對我們這一梯實習生的白眼也是，好像慢慢地就習慣了。我覺得護理工作是很需要手感的，在日復一日大同小異的工作中，只要熟練，慢慢也就不會那麼戰戰兢兢了。只是當我看見一臉倒楣樣的嘉荷從檢驗科那邊回來，跟我說她上次被吩咐送過去的檢體根本就拿錯了時，我就知道眞正習慣的人只有我。

「現在怎麼辦？」

「不知道……大概只能拿去找劉醫師，問問看眞正該送檢的檢體到底在哪裡，然後趕緊再送一次了。」嘉荷緊張得連手都在發抖，「這次一定會被罵死，那個病人好像在等看檢體，準備是不是要開刀。」

「劉醫師是嗎？算了，我來吧。」把那份檢驗報告拿過來，我自告奮勇地說。

不過就送錯檢體嘛，有這麼嚴重嗎？檢體不會是嘉荷自己採下來的，當然是由哪一位醫師交給護士，再由護士交給嘉荷的，中間肯定有某個環節出了狀況，怎麼可以全都怪罪到她身上呢？

不過話是這樣說，當我真的要敲門時，心裡一樣忐忑不安。鼓起勇氣敲了幾下門都無人回應時，我堅定的心就跟著也被時間的拖延給逐漸軟化。幹麼揹這黑鍋呢？我有點懊惱，可是再想想嘉荷那張充滿悲惶的臉，我也不能把東西拿回去，叫她自己去送死。

問了一下學姊，她們說劉醫師剛剛到餐廳去了，這位大牌醫師看診前非得在那邊喝幾杯咖啡不可。

我深呼吸一口氣，決定硬著頭皮再跑一趟。反正趁著時間還夠，盡快處理掉這問題就對了。我三步併做兩步，又往餐廳過來。一邊想起以前每次我們出了什麼狀況，或者遇到什麼難題，就算嚴重到天塌下來，一定都有一個人豪氣萬千地替我們撐起來。雖然每次她總是聲色俱厲地責罵一番，但責罵過後，她還是會替大家扛起責任，擺平問題。

那個人半年來跟我幾乎完全斷絕聯絡，既不曾再來找我，甚至連一通電話也沒有。不過我知道她還是會關心的，就在我辭職離開酒館後，小紫曾經傳來簡訊，想知道究竟發生了什麼事。她說阿虎語焉不詳，梁子孝也問不清楚，害她只能瞎猜，最後跑去問韻潔。韻潔先是說她不想管，接著又問小紫，想知道我現在好不好。

還算好，不要爲我擔心。我默默地回答，可是也只能在心裡回答，因爲我還跟阿布在一起，雖然不那麼頻繁，但我們也依舊經常打麻將，也偶爾在夜店流連忘返。老實說，我並不想改變這種生活方式，畢竟不偷不搶，我不認爲自己做了什麼傷天害理的事，當然也沒有認錯的必要。大家只是在觀念上出現了分歧，我相信那是因爲各自的生活不同，進而產生了價值觀的落差，沒有對錯，只有選擇的差別而已。失去一個可以傾吐心事的朋友，我會覺得很遺憾，不過，當然她還是我追隨的目標，也是我效法的對象，所以，現在我要替嘉荷去捱罵。臉上有著苦笑，腦袋還在想著，我人已經走到餐廳。

劉醫師的禿頭非常顯眼，他的壞脾氣是有名的，我們經常聽見他大嗓門地罵人，但是醫術也很高超，光看他診療室裡那一堆匾額就知道了。他坐在角落的座位上，跟一個身穿一身黑衣黑褲的人正在聊天，兩個人都背對著我。

該直接過去嗎？我心想如果冒冒失失地打斷他的談話，告訴他的又是這樣一件爛事，大概會被他拿咖啡杯砸腦袋吧？可是不過去行嗎？眼看已經不早了，這份報告又那麼重要，正在兩難之際，我聽見劉醫師對那個背影看來很年輕的男人說：「老實說，除了看診，這些年我也在好幾間學校裡兼過課，教過的學生沒一萬也總有八千，這些個他媽的書呆子喔，每個都很會讀書考試，但是沒幾個會開刀的。每年有多少年輕的醫生加入外科，可是你看看，最後成材像樣的有幾個？」他的語氣愈說愈凶，「有人就說呀，現在醫院裡面不准塞紅包了，所以大手術才沒人要開，照我看哪，大家以後也別想那麼多辦法找後門走了，因爲根本就沒有後門嘛。要想不死在外科的病床上，最好的方式就是好好求神保佑，千萬別他媽的生病，不然到哪裡開刀都是死路一條，因爲拿手術刀的都是爛醫生嘛。」

「教授言重了。」那個年輕人的聲音很輕，我心中卻忽然一凜，這聲音好像似曾相識，以前不曉得在哪裡聽見過。

「所以我才說我很欣賞你，小夥子。」劉醫師忽然笑了一下，「剛剛你跟那群人一起看手術的錄影帶，每個人都跟看到神一樣嘖嘖稱奇地瞎拍馬屁，就你一個人提出質疑，這個我很好奇，瞧你這樣子應該還是學生吧？」

那年輕人點點頭，劉醫師又問他是怎麼看出錄影帶裡的問題的。

「老實說，我不知道那是教授您執刀的錄影，本來我只是跟著薛教授來開會，在等他的時候，坐在那邊以爲有電視看而已。

「我覺得，執刀者站的位置有點問題，如果他再往右一點，那麼左手距離開刀的位置是不是就可以近一點？如果拉線的左手能夠近一點，那麼右手下針的速度是不是就可以跟著快一點？手術速度可以加快的話，病人身體的負擔與消耗當然就可以少一點。」一邊說，我看見那個年輕人的雙手一邊做動作，像是外科醫師在手術時的樣子。

「所以你覺得我站的位置跟手的高度都有問題？」劉醫師提高了音量，雙眼直瞪著那個年輕人，那年輕人完全無視於眼前這位外科權威，直接點了點頭。彼此凝視了半晌後，我被劉醫師忽然爆出的大笑嚇了一跳，手上的檢體報告跟著落地。

「好！說得好！」劉醫師用力地拍著那個年輕人的肩膀，但他們也同時轉過頭來看了我一眼。「原來你是薛教授的愛徒，難怪眼睛這麼尖！要不是我以前輕微中風過，腳變得不太靈光，確實不會有你現在說的這些問題，可是就是因爲那時候哪……」我不知道薛教授是個什麼東西，不過能讓劉醫師看得上眼的，肯定是很厲害的高手。這個半老的禿子轉過頭來只瞄了我一下，嘴裡還在說著當年的故事，可是那個年輕人看了我一眼，卻瞪著眼睛愣了愣。

「我好像認識你……」我錯愕得說不出話來。

那個年輕人站起身來，足足高我一個頭，他下巴有點凌亂的鬍渣，一頭短髮也沒怎麼整理，然而兩眼炯炯有神，臉上的線條非常剛硬，看著我，他說：「世界很大，但也很小。」他伸出手等我去握，說：「忘記啦？我韓文耀。」

六個人都到齊了，那當年度天宮裡的故事是不是就接著繼續往下走了？

工作中不便多談，簡單打個招呼後，我把那份檢體報告交給劉醫師，順便說明狀況，他本來雙眉一挑，就要對我發作，話到嘴邊又停了下來，看看耀哥，問了一句，「這是你朋友？」

「很多年的老朋友，算是小學妹吧。」耀哥說得輕描淡寫。

「那算了。」說著，劉醫師把報告丟還給我，叫我去找他的門診護士問問看究竟原本的檢體到哪裡去了，如果找不到，就叫那位倒楣的護士小姐去跟病人家屬討論看看，延後手術時間。

簡直是天上掉下來的恩惠，我趕緊向劉醫師道謝，也向耀哥點了個頭，而他只微微頷首，我便加快腳步，總之先離開這個是非之地再說。

耀哥怎麼會出現在這裡？我掐指計算了一下，我國三時他被捕入獄，出獄時我大概已經專二，只依稀記得小紫說過，耀哥在服刑時一樣接受教育，出獄後也以同等學歷考取了學校。後來他念了哪裡呢？這我倒沒什麼印象，之後阿虎跟小紫提過，耀哥居然考上了醫學系。

那簡直是天方夜譚吧？一個在基隆讓小混混們聞之色變的眷村老大居然要當醫生？我想起一向以惡魔著稱的劉醫師對他如此稱許的樣子，完全不敢想像，這個韓文耀竟然會是我以前所知道的韓文耀。

一整天都心不在焉，東忙西走時，腦海裡不知不覺就浮現出好多年前，國中時的那些片段。國一時我的成績整體都不算差，偏偏就是數學跟地理爛到不行，數字排來排去，怎麼都跟公式兜不上邊。地理更糟，我連中國到底有幾個省都不知道，當然台灣有幾個縣市也完全搞不清楚。

國一才開學沒多久，我就因爲數學考了零分，被老師叫去辦公室罰站，在傻站時，有個學姊剛好經過，她問我站在那邊幹麼，我非常不好意思地告訴她原因。

「站在這裡數學就會變好嗎？」她雙眉一軒，對我說：「中午妳到三年級那一棟教室的天台上來。」

就從那句話開始，我認識了韻潔。有很長一段時間，她犧牲自己的午休，在天台上幫我跟其他幾個不知哪裡認識來的一年級學妹們補習。起先我還很懷疑，這個人怎麼每一科都那麼拿手？以前國中每次月考，學校都會取各年級男女的第一名，一共六個學生上台領獎，每次她都是上台受獎的人之一，而諷刺的是，韻潔的老爸卻是基隆市的黑道老大。

跟她混熟後，我知道她有個死對頭，那個人跟她同屆，是眷村那一掛的老大，非常聰明，只是不愛念書，常跟她老爸的手下搶地盤，那個人就是韓文耀，他的頭號軍師就是一直在旁出謀獻策的梁子孝。一晃幾年過了，因爲小紫跟梁子孝談起戀愛，才讓兩家暫時放下冤仇，直到現在。

算算也總有八年了，雖然五專時韻潔沒有在課業上幫過我，但遇到什麼大事，她總不吝嗇扶我們一把，再想想，專五失戀時要不是她的激勵，我又怎麼可能考得上現在的學校，還繼續念二技？

「妳沒事吧？」一個學姊走過來問我，「妳今天很失常喔。」她把手上我該給病人的藥包拿起來晃了晃。

「對不起。」我非常不好意思，趕緊拉回思緒，繼續把工作做完。

是不是我自己太見外了？這半年來的疏於聯絡，其實是我自己造成的。一邊洗手的同時，我一邊在想：如果現在我主動撥電話過去，韻潔會不會接？我猜會，那麼她會和顏悅色地跟我說話嗎？如果知道我還跟阿布在一起，那就很難講了。

可是我很想告訴她今天所見，我知道她一定會有興趣。耀哥考上醫學系的事大家都約略知曉，然而誰知道他在校成績如何？考上歸考上，能不能畢業還是一回事。從劉醫師的語氣中，可以知道耀哥讓他十分欣賞，這是否意味著耀哥以後可能在這條路上大有成就？如果是，那韻潔的競爭之心一定又會被激發起，到時候兩個人搞不好又要在自己的領域裡拚命求上進，好超過對方的成就，因爲我知道，他們都是不服輸的人。

「該準備下班了吧？」突然，一個聲音在我背後，嚇得我連手上的肥皀都滑掉了。

「好久不見，沒想到妳在這裡工作。」看看我制服上的名牌，耀哥說：「不過……怎麼還是實習生？」

「我還在念二技呀。」我說。

從醫院離開時，嘉荷用疑惑的眼光看過來，我先跟她解釋了一下才走。耀哥還納悶地以爲嘉荷是我的男朋友或女朋友。

「不好意思，我是傳統而保守的女性，我會以眞正的男性當成我另一半的基本選擇條件。」我瞪了他一眼。

耀哥說他現在正在高雄讀醫學院，還不到見習階段，只是因爲跟那個什麼薛教授比較有話聊，所以才一起到台中來。聽說有個政治人物的母親在我們醫院，薛教授的另一個任務，是接受對方邀請，前來一起會診。

「有錢人。」我哼了一聲。

「這就是幾年來我最大的不滿。」耀哥很嚴肅地說：「爲什麼好的醫療資源常被少數人給佔據了？那小老百姓的稅金不就白繳了？」

我很期待耀哥繼續說下去，想知道他對台灣現在醫療體系的看法，但沒想到只開了一個頭，耀哥便住口不談了。

「幹麼不說了？」

「說有用嗎？這世界也不會因爲我們說了什麼就有所改變，重點是以後怎麼去做吧？」他說的是醫療，我想到的卻是愛情，眞要命，果然他是可以跟韻潔平起平坐的人物，而我註定了只能當個小跟班。

在醫院附近的星巴克咖啡坐著，我忍不住又開始探聽。耀哥明年才會開始到醫院實習，不過他已經決定好了，以後會選擇外科，而且主要目標是心臟外科，他說那是人最脆弱也最重要的器官，要救，就先從心救起。

「你知道韻潔現在讀法律嗎？以後你們一定又是競爭對手。」

「搞不好喔，以後我開刀開死人，搞不好她就代表家屬來控告我，羅織一堆罪名來藉機陷害，好報復我這些年來一直比她聰明的仇。」耀哥說。

「人家才沒你那麼卑鄙呢！」我笑著抗議。

「所以她現在成績還好吧？」

這個問題讓我一時有些難以啓口，過了好半晌，才大略說了一下，因爲韻潔不太認同生活習慣的關係，我們有大約半年多沒聯絡了。儘管如此，我還是稱讚了韻潔一番，尤其是那次在律師行看到她講電話的樣子。

「妳喜歡逛夜店跟打牌，這干她屁事？她眞的以爲自己是誰的老媽了？」耀哥搖頭說：「每個人的路本來就不同，她自己喜歡把神經繃得很緊，不代表別人也要和她一樣汲汲營營過日子。」

「就是啊，至少我很知道我自己在做什麼。」附和著他的話，我也抗議。

耀哥笑了一下，又問起梁子孝跟阿虎，他說這幾年在高雄很忙，除了上課，大多數時間都泡在圖書館，再不然就是到菜市場去買些豬肝豬心回家又切又縫，根本沒空跟老朋友聯絡。

「需要這麼拚嗎？」

「以前浪費的時間太多了，所以得花更多彌補回來呀。」他說。

悠閒的敘舊總是過得特別快，眼看著天色漸暗，原本還想請他吃飯的，但那個薛教授打電話來找人，耀哥站起身來，說：「下次來台中不曉得什麼時候了，不過我看大概就算我再來也遇不到妳了，實習只有一個月不是？」

我點點頭，對他說：「沒關係，世界那麼大都被你遇到這一次了，下次一定也會遇到的。」

他一樣點頭，彼此留下電話號碼，也說了下次有機會再碰面時會先約好，希望那時候我跟阿虎的心結已經解開，他很想看看阿虎變成什麼樣子。

「一樣又瘦又蠢，你放心。」我拍胸脯保證。

走到咖啡廳門口，眼看著要左右分道而走，耀哥忽然又停住腳步，轉頭對我說：「妳剛剛說什麼來著？知道自己在做什麼，對不對？」

愣了一下，我點頭。

「通常大多數的人，都會知道自己在做什麼，不過只有極少數的人，除了知道自己在做什麼之外，還會去想想看，有沒有更好的方式跟辦法，可以讓自己做得更好。」耀哥說：「一思不夠，那就再思。妳是聰明人，應該知道我在講什麼。」說完，沒道再見，這個很高大的背影從我面前慢慢走遠，就這樣過了馬路，消失在街道的另一端遠處。

再思，會讓自己做得更好。

23

第一次，我很認眞地思索別人對我說的話。就算知道自己在做什麼，但我可曾再更仔細地想過，除了正在做的，還有沒有更好的方式？耀哥不是眞的很清楚我的事，許多前因後果也不可能在三言兩語中讓他清楚了解，爲什麼他會這麼說呢？

騎車回到宿舍，沖澡時我一直在想，或許這就是所謂的旁觀者清吧？所以他沒有偏袒哪一方，對於我所選擇的生活也不置可否，就簡單的一句話，又把問題丟回來給我。

一邊吹頭髮，一邊打電話給阿布，我覺得或許應該跟他談談，雖然現在的日子不算糜爛，但確實應該可以找到更好的辦法。他就要升四年級了，如果不考研究所，那是不是要計算一下學分，看看距離畢業門檻還差多少？據我所知，阿布的功課雖然不差，也實在好不到哪裡去，他計算麻將台數的速度搞不好比他算毒物劑量的速度更快。而且他也該想想畢業後的出路在哪裡吧？老家在高雄，高雄有適合他這領域的就業環境嗎？而我住基隆，之後回北部的可能性很高，那我們怎麼維繫感情？這些原來都是不曾考慮過的問題。吹完頭髮，電話已經打過三通，全都進入語音信箱。

跑到哪裡去了呢？心裡有點疑惑，幾個月來，彼此的心裡都還或多或少介意著之前的那些衝突，所以約會沒有以前頻繁，這我明白，但即使如此，事情也過去一段時間了，通常要打麻將他還是會約我，在我離職後，如果要出去喝酒，他也會問我去不去，雖然我的答案通常是否定的，這個詢問動作他基本上也都會做到，很少像這樣電話不通，讓我找不到人的。

開了電腦上線，我發現嘉荷居然還醒著，問了一下，她說今晚根本沒有任何約。於是關了視窗，我心血來潮，決定換個衣服出門，反正兩個人宿舍那麼近，就算騎車過去看看也不用五分鐘路程，如果他在，我們可以聊聊。

夜風悶熱，才走下樓就又開始冒汗。我騎車到阿布宿舍樓下，發現他的機車不在。心念一動，撥了電話給小草，問他知不知道阿布去了哪裡。

「他不是跟妳出去嗎？」電話中小草也很疑惑，「本來我找他去網咖組隊的，不過他說晚上有事，我還以為你們要去約會。」

皺著眉，看看手錶，已經晚上十一點半多，這當下他人去了哪裡？小草說他現在跟其他幾個朋友都在打怪，還說如果看到阿布，叫我問他去不去，今晚要解一個很大的任務。

沒理會他的碎碎唸，我虛應幾聲後就掛了電話。站在阿布的宿舍騎樓外，左右又看了看，這裡夜晚只有飛快的汽車駛過大馬路，哪裡還有人影？

站在路邊等了好一陣子，最後我決定放棄，反正他讓我找不到人也不是第一次，從實習開始到現在，已經有過幾次，晚上睡前我打電話過去阿布都沒開機。只是那時我並不以為意，因為他的宿舍本來就有手機收訊不良的問題。

乘興而來，本以為可以聊些未來規畫的，沒想到卻敗興而歸。回到宿舍，我剛打開門，就又接到嘉荷的電話，她說小草剛剛撥給她，說今晚解任務的計畫失敗，一群人在闖關時被什麼什麼怪給痛宰一頓，他不但沒得到寶物，還損失了一堆經驗值。一怒之下也不想玩了，所以決定去吃消夜。

「消夜？吃什麼？」摸摸肚子，這個我有興趣。嘉荷說今晚的目標是永和豆漿，十分鐘後就在樓下的巷口見。

「都是阿布害的，他如果一起去，整個隊伍的攻擊力就會加強很多。」開著車，小草還在抱怨。

「算了吧，你們！」我從後座踢了他椅背一腳，這些人自己不求上進也就罷了，可別把我家阿布也拖下水。

「就是說啊，你們這些死宅男。」嘉荷也附和我的話。三個人笑著，一路往學校附近的商店街去。店家大多都打烊了，晚上十二點過後，已經沒有多少燈光。路過以前工作的酒館時，我請小草開慢一點，特地往裡頭多看幾眼，還有幾個客人，不過人影來去，我沒看見阿虎是否也在其中。

嘉荷提議要到稍微遠一點的另一家，因爲那裡有特別的起司蛋餅，豆漿也比較大杯。反正吃哪一家都無所謂，所以小草也乖乖聽命行事，然而，我們開車經過商店街時，在我跟阿布常去的那家永和豆漿店外，我看到了一輛熟悉的機車。

「等一下！」我急忙拍拍小草的背，叫他停車。

「怎麼了？」他嚇了一跳，趕緊踩了煞車。幸虧車速並不快，後面也空盪盪地沒有來車，否則這下可就被追撞了。我攀在車門邊，隔著窗往外看，小草還問我需不需要倒車。

「不必，這樣就好。」我嘴裡回答，眼睛直盯著那家豆漿店。店裡有幾個人正在排隊，我看見其中一個很高的男生，他是我男朋友，可是他身邊有另一個樣貌很陌生的女孩。

「如果我沒看錯，那應該是我男朋友的車，他本人就站在裡面，對吧？」我指給嘉荷看，「看到沒有？正在付錢的那一個。」嘉荷還來不及點頭，小草先「咦」了一聲。

「你知道那是誰？」我問。

「不太可能吧？」小草也湊到嘉荷的座位邊，隔窗看過去，說：「雖然很久沒見了，不過應該不會錯才對。」

「到底是誰呀？他同學嗎？」我皺著眉頭。

「那個女生是小思，她是……」小草忽然囁嚅了起來。

「快說呀！」連嘉荷都著急了。

「阿布大一時喜歡的女生啦，不過……交往時間很短，而且已經分手很久了呀。」小草還搔著腦袋，「我甚至覺得阿布以前根本也不算有追到她過。」

「在哪裡認識的？」我心中忽然閃過一個非常不吉利的念頭。

「大一聯誼認識的，那次是在高美濕地……」他跟嘉荷都看得出神，以致於兩個人都沒發現，坐在後座的我已經幾乎要昏倒了。

人生永遠有遭遇不完的爛事。

「那現在永和豆漿還吃不吃？」嘉荷問。

「給我一個不吃的理由啊。」看看一臉驚疑不定的他們倆，我說：「沒有就繼續往前開囉。」

他們兩個吃東西時大概完全食不知味吧？桌上擺了一堆食物，但哪裡還看得進去？

「我說眞的，沒事，不用擔心。」咬著蛋餅，我對嘉荷說：「我看過比這還慘的，老實說不算什麼。」

面面相覷了一下，大概不懂我在說什麼吧，只見嘉荷一直偷偷架小草拐子，小聲地罵他多嘴。又對我說：「也有可能是看錯了吧，大一到現在都多久了，搞不好是認錯人了。」

「對呀對呀，我其實沒有很確定……不然我找時間問看看……」小草也連忙澄清。

揮揮手打斷他們的解釋，我很冷靜地說：「不管是或不是都沒關係，也不要替我去問什麼，這件事我會自己處理。」我很斬釘截鐵，沒有討價還價的空間。

是看錯了嗎？我不可能認錯阿布，那他旁邊的女孩是誰？很久以前，小紫也曾經誤會梁子孝，那個誤會讓他們有一段很長的時間因爲隔閡而失去聯絡，讓早該在一起的兩個人平添許多波折。難道我跟阿布也要這樣嗎？不必多想，也不用迂迴試探的方式，第二天傍晚，一下班，我直接騎車到阿布的宿舍，打電話叫他下來。

「怎麼了？難得妳一下班就找我。」手上拿著機車鑰匙，腳下穿著球鞋，他看來有要出門的打算。

「要去吃飯嗎？」我說：「一起去吧？」

遲疑了一下，阿布說他要先去找同學，晚一點才吃，還問我怎麼這麼早回來。

「下班了當然就回家呀，不然呢？」雙眼直盯著，我試圖從他眼裡看出一點端倪。顯然這種凝視的對看讓他很有壓力，這是第一次，阿布臉上有著不自在的表情。「現在是暑假，總不會有報告要討論吧？」

支吾了一下，他說不是爲了報告，大家這個暑假都沒碰面，只是想聚聚。

「那我跟你去可以嗎？我也很久沒碰到你那些同學了，每次看來看去都是小草。」微笑一下，我說：「以前你都不太跟他們混的，原來大家感情這麼好。」

「都是男生嘛，妳去幹麼？」

「你確定全都是男生？」我覺得我的戲已經快演不下去，不過比我更沒耐性的是阿布，這句話才剛說出口，他立刻變了臉色。

「媽的，妳今天是怎樣？」意外的是他態度沒有軟下來，反而是對我張牙舞爪起來，「想講什麼妳就講，用不著這樣拐彎抹角的！」

「問問不行嗎？幹麼生這麼大氣？」還不想把底牌揭出來，雖然我也動了怒，但這次我決定先到此就好，就當作是一怒之下的拂袖而去吧，我轉身，上了機車，連句再見也不說就直接走人。

如果那不是爲了掩飾心虛而喬裝出來的怒氣，不然還能是什麼？吹著風，我加足了油門一路狂飆，就在大馬路上疾馳，一直到強風吹得眼睛都快睜不開了，這才減速滑行。

他不去網咖、不去打麻將、沒跟小草開車出去，反而說要跟班上同學聚會？對阿布來說，這可能是他腦袋裡想得到的唯一理由。在我眼裡，這藉口未免差勁到了極點，絲毫沒有說服力。

心情很爛，我覺得自己也挺小人的，明明就很想把話說開來，結果眞正見了面，卻還要勾心鬥角，在言詞上一直刺探，這可能是讓我自己更不舒服的原因。可是不這樣還能怎麼做？難道眞的要當面問他一句，「你是不是跟你以前的馬子藕斷絲連？」這樣問豈不是很怪？我也很想問他，那個女生眞的如小草所說，是在高美濕地聯誼時追求到的？是的話，那我們最初的一開始，阿布豈不就等於在說謊？

「妳在這裡做什麼？」忽然，一個聲音打斷了我的思緒，一回頭居然是阿虎。我定神一望，才發現自己原來漫無目的地騎著機車，又騎回到以前打工的酒館，而店就在阿虎他們學校正對面，如此顯眼，難怪會被遇到。

「那你在這裡幹麼？」不回答，我反問。

「暑假期間社團一樣有事呀，」似乎察覺我臉上有點古怪的神情，阿虎說話頓時變得小心翼翼，問我要不要吃個飯。

是傍晚時分，肚子確實空空如也，但這當下又哪裡有心情吃飯？一旦坐下來，勢必要跟他解釋一堆，那都是我現在極不願意的。

「改天吧，我要先走了。」打聲招呼，也不管他怎麼想，我只想趕快逃開而已。

「妳怎麼了？」我發動機車就要走，阿虎還在追問。

「不干你的事就別雞婆行不行？看不出來我現在很煩嗎？」瞪他一眼，頭也不回地，我直接把車騎走。

上班時，嘉荷也關心地問了一下，但我始終強作笑顏，不想讓任何人擔心。

「有事妳要講呀，不然身邊的人會替妳擔心的。」她一臉關心緊張。

「先擔心妳自己吧。」我指著躺在她旁邊，已經快要哭出來的病人，「妳這一針到底要打幾次才打得到血管？病人沒病死，也被妳的針給扎死了。」

那天吵完架後，阿布就又消失了，既沒找我，也沒主動打電話，我不知道現在到底是什麼情形，不過無論怎樣，相信都不會太妙。難得一天下班不太累，實習也接近尾聲，嘉荷提議晚上打牌，讓大家放鬆一下，我也點頭同意，正好趁這機會再觀察觀察阿布，我想知道在那樣的暗示後，他會不會有什麼反應。

「我家？」電話中他猶豫兩秒，然後答應。

會選擇在他宿舍打牌，是因爲我已經很久沒有上來過，幾乎每次都是他來找我，這個人的房裡有沒有什麼異狀？我還挺想看看的。不過很可惜地，一切都跟以前差不多，男生的房間總是這樣吧？帶著一股汗臭味，角落有一堆沒洗的髒衣服，打包好的垃圾也不倒，我跟嘉荷幫他把環境稍微整理了一下，小草跟另一個牌友負責倒垃圾，阿布被我們趕到浴室去洗馬桶。

忙了大半天後，才清理出一個可以打牌的位置，見我跟阿布都不太開口，嘉荷打趣著說：「看吧，就是少個女主人，房間才會變這樣。阿布你再不好好打點乾淨，小心連自己頭上都長香菇了。」

「是呀是呀。」小草也乾笑兩聲。不過這個笑話一點都不好笑，我跟阿布只牽動一下嘴角，聊表聽到而已，他始終不朝我多看，我猜那是因爲我表情還很僵硬的關係。

該笑嗎？我也很希望笑得出來，可是好難啊。當摸牌摸累了，換他們四個人玩，而自己躲到阿布的電腦前找音樂時，心裡忽然感慨起來：曾幾何時，我們變得如此各懷鬼胎？以前不管遇到什麼困難，第一個跳出來幫我的總是阿布，是他帶著我見識台中的這一切，是他幫我開出一條路來的，那現在呢？

我覺得好悲哀，隨手點了電腦裡的一些歌曲慢慢聽，沒回頭，我聽見他們笑得很開心，好像我不在牌桌前還比較好一點。

嘆一口無聲的氣，我想開開MSN，隨便找找人聊天。一點開程式，我忽然動了個念頭：這是阿布的電腦，MSN只有他一個人用，所以程式開啓時，已經設定成儲存他帳號密碼的狀態。我沒回頭，仔細聆聽一下，他們正在高興地討論著如何在暑假結束前，大家出去玩幾天的計畫，似乎沒有人注意到我。

於是我偷偷用他的帳號密碼開啓了程式，沒去看什麼聯絡人清單，直接就進入工具選項，把一堆按日期分類儲存的對話紀錄都複製下來，並且立刻轉寄到我自己的信箱。一切完成後，這才藉口身體不舒服，說要提前回去。

「累了就在這裡睡吧？」阿布停下手上的牌，問我。

「你這裡沒有衛生棉吧？」我說。

說月經來其實是假的，當我快步走下他家樓梯時，心裡一直對天祝禱著，希望待會回去，從我信箱裡收到的那些紀錄中，不會有讓人崩潰的內容。而我也不免感嘆，從我說肚子在痛，一直到拿了包包走出門爲止，他居然寧願坐在牌桌前摸麻將，完全沒有站起身來問我身體是否還好，甚至當我說再見時，他也只回頭看了一眼，打聲招呼而已，跟以前他會陪我回家的待遇相比，簡直天壤之別。

忐忑的心一直到走進自己房間爲止，開啓電腦，連上網路，我先收信。因爲怕被發現，剛剛只偷轉寄了大約十天左右的聊天紀錄，開啓前，我先點了香菸，又從冰箱裡拿出啤酒，這些是爲了預防待會所看見的要是有什麼不測，我需要一點可以鎭定的東西。

很久很久以來，也不知道怎麼搞的，我就是那種對男女之間一些微妙的心理有特殊感應的人，一點點蛛絲馬跡在我眼裡總會變得非常明顯，而且有愈強烈感覺的，通常都是愈爛的狀況。

通聯紀錄裡，阿布每天至少跟超過十個人對話，我逐一細看，而愈看就愈恍惚，因爲十個人當中，大概有九個只跟阿布打打招呼，說些廢話，其中只有一個會跟阿布聊生活、聊日常，聊天氣，還聊到他們彼此很他媽的相思之情，那個人就叫做小思。

爛預感通常是最準的預感。

沒地方去了，所以只好又回基隆，不過這回不同於以往，因爲我不想再搭統聯，那蘋果綠的車身老讓我想起第一次遇見阿布時的場景，眞是不堪回首。所以區間列車是很好的選擇，便宜，而且可以坐很久，眞是划算到了極點。

搖搖晃晃到基隆，老實說也不怎麼想回家，徒步走到五專時打工的漫畫店去，本來想碰碰運氣，看能否遇到幾個以前的同事或客人，沒想到店門口大門深鎖，上面還貼著一張「頂讓」。

「幹。」對著倒閉的漫畫店咬牙切齒，老天爺在跟我過不去嗎？爲什麼連一點當年的回憶都不留給我？難道眞的要我腦海中僅存的往事都只剩爛事嗎？

基隆悶熱，看起來有即將下雨的跡象。如果眞的下場雨也好，至少可以痛快地淋個一身濕。在街上隨便亂走，晃到中正公園，順著漫長的階梯一步步往上踩，每踩一階，就覺得自己好像死了一遍。那麼多年都過去了，原來除了反覆又反覆的死來死去，我居然一點進步也沒有。

「幹。」又罵了自己一聲，我用力地爬上階梯，費了好大工夫才走到最頂端。以前來到這裡，總會對著高聳巨大的觀音像合十拜拜的，但現在沒這興致了，我坐在漆成金黃色的石獅子旁邊，點了香菸。

「小姐，這樣抽菸不好看喔。」有幾個看起來不過是高中生的小鬼走過去，其中一個居然對我這樣笑著說。

「幹，干你屁事。」我用一句話讓他們通通閉嘴滾開。

這世界不管到哪裡都有無聊人是吧？看著那群小鬼抱頭鼠竄，我這樣想。在山頂上走了一圈又一圈，看來看去，基隆市的街景、海景跟當年比起來幾乎沒什麼變化，改變的都是人哪。攀著欄杆，眺望著遠方出神。在台中時，偶爾會想起基隆，那時總覺得基隆的一切離我好遠。但現在人在基隆，回想台中的一切，忽然又覺得台中的種種都更遠，怎麼會這樣呢？

一直發呆到天快黑了，這才循著階梯又緩步而下。我也累了，考慮是否直接回台中，或者回家睡覺，老媽看到我一定很訝異。走著走著，漫長的階梯走上來的人很多，大多是趁著傍晚來運動的中老年人，也有不少閒晃的年輕人。我靠著邊慢慢走，還走不到一半，看見迎面而來的一群人當中，有個很面善的男生，那傢伙不是別人，正是一年多前劈腿，被我非常難堪地現場抓姦的前男友。

怎麼會遇到他？我先是錯愕，跟著眉頭一皺，心想著該如何應對。這群人有說有笑地慢慢上來，就在距離我不到幾步時，他抬頭也發現了自己一個人正往下走的我。要寒暄嗎？或者視而不見？還是乾脆抬起腳來，一腳把他從階梯上踹下去？三個方案中，我最想選的是第三個，因為雖然我不算愛記恨的人，但這種事不管過再久，我都不可能當作沒發生過。

眼看著距離愈來愈近，他身邊的人我都不認識，還在說說笑笑，只有他一直壓低了頭，不敢正眼看我。

「喂。」擦肩而過的瞬間，不知怎地，我下意識出聲叫住他。他們都愣了一下，我看見一個女孩依偎在他身邊，是不是當年那個跟他躺在床上被我撞見的女孩，這我倒不敢肯定。

「你女朋友？」我問，而他點頭，臉上滿是緊張。

「不用緊張，我只是想告訴你一句話。」看著，忽然有種好笑的感覺，我說：「謝謝你一年前劈腿，因為你，我才有機會長大，懂了好多事情，真感謝你。」說完，我面帶微笑，繼續輕快的腳步，往階梯下走。

夕陽在背後，早已失去了炙人的溫度，那剩下不過十數層的階梯，走著走著，忽然有好多往事蔓延過心頭，除了一段極其失敗的愛情故事外，在基隆的這一切，原來都如此純眞跟美好，儘管生活中有太多懵懂，至少我們都是快樂的，不像現在，社會的壓力愈逼愈近，生活愈來愈失去思考價值，連愛情都變得難以信任。

搭公車到八斗子，慢慢走到度天宮，天色終於完全暗了，看不見海景，看不見夕陽，只有小漁港燈火繽紛。我抱膝坐在廟門口，安靜地跟自己對話。好累了，對吧？雖然時間很短暫，從撞見阿布跟他前女友在深夜裡私下見面那晚，到我看過他們的對話紀錄至今，時間並不算太長，可是我知道自己累了，因爲猜疑是最耗費心神的，那些充滿不確定的因素，多得讓人無法預測，看著手上香菸的菸灰落下，我忽然發現，自己對阿布的認識原來這麼少！他對感情的態度是什麼？他在感情裡渴望的是什麼？當初他追我的原因是什麼？在愛情裡，他希望我扮演什麼樣的角色？一連串的四個問題，像四枝利箭瞬間穿透我的腦袋，我居然連一枝都擋不下來。可是我們總是相愛過的吧？義大利麵店裡那五彩繽紛的氣球跟一大束鮮花，生日時，他等了一夜跟親手爲我套上的戒指，那都是眞的呀。看看手上的戒指，這些甜美的記憶也都非常清晰。只是，儘管我們是相愛的，原來我始終都不夠懂他，或者說，我沒試過去了解他。

是不是就因爲這個緣故，所以他跟前女友才死灰復燃？我想起那些對話紀錄的內容，有一天小思問阿布，爲什麼還會想跟她聯絡，阿布說，因爲他覺得跟自己的女朋友愈來愈疏遠，即使經常見面，卻總感覺無法有效地溝通，彼此很難了解對方心裡的想法，所以他才會希望有個很懂他的人在身邊。

也有那麼一段，小思問阿布，這樣的關係要持續到什麼時候，阿布回答她，說等畢業後。他認爲他和我是因爲同校的關係才在一起，對台中這地方而言，我們都只是過客，一旦畢業就會分道揚鑣，而他跟小思都是南部人，以後要繼續的可能性其實比較高，所以他請小思等他過完這最後一年。

我吐出一口長煙，心裡想的是小思接下來說的，她認爲這樣對我並不公平，一個女人要在美麗的幻夢中度過一年，這一年裡可能會建構出無數關於兩個人未來的夢想，但一年後這些夢無論有多美，全都要付諸東流。

我想著想著，苦笑了起來，還這麼替我著想？真是感謝呢。把那根香菸捻熄，我拿出手機來，按了幾個字，然後看著它發呆。

阿布說這是道義責任，他不能在這時候半途而廢地拋下我，畢竟我們已經在一起一年，雙方雖然不是很了解彼此，也有很多觀念上的差距，畢竟我們是男女朋友關係，不能說斷就斷。

不能嗎？我盯著手機看，一封簡訊只差最後一個動作就完成送出。很難說斷就斷嗎？其實這也沒有那麼難，心不在就是不在了，海誓山盟說過再多也沒屁用，而且愛情本來就沒有對錯可言，所以我不想責怪任何人，我只是懶得繼續猜疑、繼續糾纏而已。這一晚的基隆有絕美彩霞，我的心卻陷入完全的黯淡之中，那些是是非非啊，如果理不清的話，至少還斬得斷吧？我不想任憑自己沉淪在無止盡的黑暗裡，與其這樣互相折磨，我寧可給大家一個痛快。

「別為難了，我們分手吧。」我按下了傳送鍵。

26

嘉荷瞠目結舌地看著我，完全不能想像，她用力地抓住我的手，「開、開……開玩笑的吧？」

「我看起來像是在開玩笑嗎？」

「是不太像啦，可是……」她欲言又止。

「有什麼意見要表達可以趁現在，不然就沒機會講了。」我把垃圾袋打包好，也把該歸位的用具一一歸位，實習的最後一天，終於要離開了，很多雜事要忙。整理時，我心中充滿感慨，暑假兩個月，實習佔了一半時間，原本我還期待暑假的後半段能跟阿布在一起的，沒想到卻變成今天這樣。

「表達意見有可能翻案嗎？」跟在我後頭，她關心的顯然不是東西究竟收拾好了沒。

「老實說，」忽然一個轉身跟她照面，我說：「沒有。」

把東西整理好，去跟學姊報到，完成一些手續後，我們走出醫院，向漫長又艱辛的工作說再見。嘉荷一直緊鎖著眉頭，問我阿布的反應。我搖頭，那天提早離開，回家後他沒找過我，之後回基隆兩天，他接到分手訊息的前後都沒任何回應，放完假回來，一直到實習結束，他居然也一聲不吭。

「怎麼會這樣？好怪。」

「誰知道，大概他生肖屬烏龜吧，遇到問題就躲在龜殼裡裝死了。」騎上機車，我說：「別擔心，不管發生什麼事，都不會影響到妳跟小草，當然了，如果他願意繼續跟我當朋友那是最好，但如果不願意，我也沒辦法。」

這一年來，因爲通常是他來找我，這小小的宿舍裡，在不知不覺間，多了很多他的物品。衣服之類的就通通塞進大垃圾袋裡，一次可以搞定。其他的小東西我用紙箱裝好，準備讓他拿回去，看著那副麻將，我嘆了一口氣，也收進箱子。

就這麼整理到好晚了，手機才響起，來電顯示是這個失蹤了好幾天的男朋友，或者我應該稱呼他爲前男友？不管了，我下樓來，阿布坐在機車上，一臉不悅。

「妳是什麼意思？」劈頭第一句，他的語氣非常不善。

「中文閱讀能力你應該有吧？」我試著壓抑情緒，既然做了決定，就沒什麼好爭吵的了，當不成情人，至少別撕破臉吧？只是我沒想到，他的反應不是難過或怎樣，竟然是一副興師問罪的表情。「跟字面上的意思一樣。」我說。

「這種事是妳一個人說了就算的嗎？妳把別人擺在哪裡？說分手就分手？我答應了沒有？爲什麼我還沒答應，妳就到處大嘴巴地亂說？」他還坐在車上，我聞到他身上有濃濃的酒氣。

「我沒有到處亂說，知道的只有嘉荷。」

「嘉荷知道，小草就知道，小草知道，我那一群朋友就都知道了。」他很生氣地說：「妳有沒有顧慮到我的面子？」

「你的面子重要還是我們的感情重要？原來你是爲了面子而來，不是爲了我們的感情而來。」我終於明白他爲什麼生氣了，眞讓人失望。一句話，我讓他暫時閉上嘴。

下了車，大概是在思索著要怎麼開口吧，阿布一時之間沒有說話，而我也兩手扠腰，靜靜地看著他，想聽聽他還要說什麼。

「這樣吧，讓我們好好談談，好不好？妳先別那麼快下決定，可以嗎？」停下腳步，他看著我。

「談什麼？談有用嗎？」我不知道這當下還有什麼好談的，如果是在看到那些對話紀錄之前，或許我還會想跟他談談，但現在還有談的必要嗎？

「至少妳要告訴我，爲什麼好端端的妳會忽然要分手。」阿布焦躁了起來，「是不是那個誰又來找妳？以前妳工作那邊的那個男生，阿虎！是不是他？」

我搖頭，「跟他一點關係都沒有，不用瞎猜。什麼原因你也應該心知肚明才對。」

「我？我怎麼了？」

「非得要我把話說得那麼明白嗎？什麼都抖開了，我怕你面子會更掛不住。」我說：「不必問了，大家心照不宣就好。你不介意的話，可以現在就跟我上樓一趟，把你的東西搬一搬吧。」

「搬個屁！妳這是什麼態度？我跟妳說過，我沒答應要分手！」他吼了一聲，讓我吃了一驚，整個人倒退兩步，也因爲這一吼，反倒激起了我原本克制得很好的怒氣。

「說呀，我怎樣？」他往前逼近了一步。

「要不要回去看看你電腦裡的對話紀錄？看看你跟小思聊了些什麼，然後再來問我怎樣？」既然要吵，那我也不客氣了，聲音不小，鼓足了氣勢把話說完，立刻轉身上樓，臨關門前我丟下一句話，「明天晚上來把你的東西帶走，不然後天早上你就準備到垃圾堆裡去找吧。」

問別人怎樣之前，應該先問問自己又怎樣。

27

知道我們鬧翻了，嘉荷打了好多通電話來。我沒有講話的心情，心裡早被那些紛亂給佔滿了。整理房間，我心裡充滿疑惑，爲什麼別人的愛情都那麼美好浪漫，那麼值得歌頌，我絕無僅有的兩段卻爛得如此徹底？把一整本《微生物學》用力丟在桌上，我懊惱地想著：難道我的愛情故事不能精采漂亮，不能皆大歡喜嗎？兩次戀愛都覺得可能有結果了，下場卻是如出一轍，前任男友被我捉姦在床，這一個跟前女友藕斷絲連個沒完。我都甘願地提出分手，成全這對姦夫淫婦了，爲什麼還不肯放過我？

忙到傍晚，一點肚子餓的感覺都沒有，本想沖個澡就睡，反正阿布先前已經傳來簡訊，說他無論如何不會放棄，所以今晚也不會來拿東西。

「怎麼會弄成這樣呢？」忙了半天，止想洗澡時，嘉荷好心地買了便當，跑來按我門鈴，看著滿屋子凌亂，她皺眉。

「是啊，怎麼會這樣呢？我也好想知道喔。」苦笑，我又封了一個箱子，裡頭全都是阿布的雜物。

一起吃便當時，嘉荷說她覺得很不好意思，要不是之前小草認出阿布的前女友，或許今天就不會演變成這樣。

「算了吧，那是遲早的事，不是嗎？」我跟嘉荷說：「人生本來就充滿了不可預料，老天爺註定了他要這樣，那就一定會這樣，早一點讓我看見也好，至少現在結束，大家還不會那麼難過，總好過結婚二十年後他才遇見老情人，那更尷尬。」看著嘉荷點頭，我又笑著跟她說：「而且妳幹麼替小草覺得不好意思？」

這問題讓她臉紅了一下，我也不再多說，自己的遭遇已經很倒楣了，對別人最好多點祝福，希望上帝看在我對別人這麼好的分上，以後也給我一個好姻緣。

夜深人靜時，獨坐在紙箱上，我考慮乾脆也順便搬個家好了，阿布的東西清理完，房間又變得跟一年前一樣空盪冷清。這地方充滿了太多兩個人的回憶，住起來很不舒服。我點了菸，環顧房間四周，想著如果要搬家，可能最近就要開始找房子，希望之後可以找到距離學校別太遠，覓食也方便的環境，腦袋還在盤算時，手機忽然又響，這次不是嘉荷，是阿布。

鈴聲是優雅動聽的貝多芬月光奏鳴曲第一樂章，現在聽起來卻很有鬼片的氣氛，而且每個音符都狠狠地扣動著我的心弦。在接與不接之間猶豫許久，最後它終於掛斷，跳進語音信箱。

我吐了一口長長的氣，正想把手機調成無聲模式，結果手還沒摸到電話，它赫然又響起，還是阿布。這次我的動作沒有停格，直接把它給切斷了。如此反覆了好幾次，看來阿布是非得找到我不可，最後，不等手機電池被消耗殆盡，我心一橫，乾脆直接關機，甚至準備連燈都關了，就睡吧。

只是我剛碰到電燈開關，背後的窗戶忽然「喀」地一聲，一回頭，窗子紋風不動好好的，我心裡納悶著，走到窗邊，正想打開窗戶，就看見一顆小石子朝我飛過來，嚇得我趕緊退開，不過那顆石子很小，丟過來的力道也不大，又讓窗戶「喀」地響了一下。皺起眉頭，我打開一看，結果居然是阿布站在下面。

「幹麼不接我電話？」二樓高，阿布的聲音響亮。就著路燈看下去，我覺得他大概又喝多了，臉紅脖子粗地，也不管現在是大半夜，自顧自地大聲嚷嚷。

「還有什麼好談的？」我不想驚動鄰居，把聲音壓小，「如果你不是來搬東西的，那就請回吧，明天到巷子口的垃圾堆去找就可以了。」

「妳下來！」他還在大吼。

強自壓抑著心裡的怒氣，我忽然覺得眼前這個男人好陌生，他變得根本不像我認識的阿布。以前那個談笑風生，見義勇爲的阿布到哪裡去了？眼前這個人的頭髮凌亂，衣衫不整，而且肯定是醉醺醺的。

「我拜託你不要這樣好不好？你知不知道自己在幹什麼？」

「我當然知道，我知道我愛妳，很愛很愛妳！」他的音量一直維持在高分貝，我猜要不了幾分鐘，大概就有被吵醒的鄰居出來抗議。「我跟小思說了，妳相信我好嗎？我不會跟她在一起的。」說著，他打開機車的置物箱，拿出一個裝了東西的塑膠袋，「妳一定沒吃晚餐對不對？我剛剛幫妳買了消夜，蛋餅喔，妳最愛吃的蛋餅耶，妳開門，我們一起吃消夜好不好？」

「省省吧，阿布，這一點意義都沒有了，而且你以後要跟誰在一起，也都與我無關了，懂嗎？」我苦口婆心，現在只希望他趕快閉嘴，然後離開。「你跟她說的那些也沒說錯，我們確實不夠了解對方，過去那些日子裡，我們都沒試著去明白彼此的想法，所以才會變成這樣。」

「那妳再給我一次機會，好不好？」他聲音忽然變得有點哽咽，我很怕這個身高一百八的大男生就這樣在路邊痛哭失聲。見我搖頭，他的聲音更淒惶了，「拜託妳開門，讓我上去，我們坐下來慢慢聊，慢慢談，拜託，我求妳……妳還記得嗎？我們以前說好要一起去旅行的，對不對？我們可以討論一下要去哪裡呀，好嗎？」

天哪，這是什麼德性？哭笑不得的我不斷搖頭，這當下真的已經沒有任何生氣或怨恨了，我只覺得荒謬可笑，就在我準備不理會他，要把窗子關上時，阿布忽然大叫了一聲，一屁股坐倒在地。

「你到底想幹麼啦？」我也急了，雖然是午夜凌晨，但他可是坐在路中央哪。

「妳不開門，我就躺在這裡，就算被車撞死也不走！」他大聲一吼，把手上那包蛋餅跟豆漿丟掉，這傢伙無視於我的錯愕與訝異，也不管會不會有危險，居然真的就背往下躺，整個人癱成大字型躺在地上。我愣了大約十秒鐘，知道只剩下最後一個勸他離開的辦法。

當世界的一切都走樣時，或許報警是最好的辦法，幹。

28

那天晚上，阿布眞的在地上躺了好一陣子，直到遠遠處警車開來，兩個皺著眉頭的警察下車，他們先是好言善勸，但阿布還賴著不肯起身，甚至對著警察大吼，隨手抓起地上的小石子就開始到處亂丟。我也聽見幾個窗戶拉開的聲音，被吵醒的住客們有人打開窗子，或者走出去圍觀，最後那兩個警察也不耐煩了，他們拿出手銬，把已經醉得不像話又如此胡鬧的阿布強拉起來，直接塞進警車裡，直到紅藍兩色刺眼的燈光旋繞著遠去，我都躲在窗簾後面看得一清二楚。

爲什麼會是這種收場呢？我的好意成全，最後大家卻連朋友都當不成，而且還驚動警察，鬧得灰頭土臉。窗戶沒關，還聽到屋子外頭那些看戲群眾的議論紛紛，我坐在床上，背靠著牆，兩眼直愣愣地出神，一時間還無法接受這樣的結果。這一切轉折都太快，也都太像一場夢，而且是荒腔走板的夢。

隔天一早，發現自己就這樣坐到睡著，整個背又痠又痛。一打開手機，裡頭有三十幾通未接來電，都是昨晚我關機後才打來的，光是阿布就佔了三分之二，另外幾通則是嘉荷跟小草。

還不想跟嘉荷解釋，我先回電給小草，請他開車來一趟，把阿布的東西暫時先運走，沒想到十分鐘後，他和嘉荷一起出現。

「昨天晚上是怎麼回事？」小草一臉沒睡飽的樣子，他說昨晚本來就失眠了，好不容易快睡著時，居然接到派出所打來的電話，起先他還以爲是詐騙集團，直到聽見電話裡阿布的聲音，才相信不是騙局。

「警察打給你幹麼？」我皺眉。

「還能幹麼？」滿臉疲憊的小草告訴我，昨晚警察逮捕阿布後，他到派出所裡還鬧個沒完，後來警察們也不想跟他囉嗦，直接把他銬在椅子上，打算等他酒醒再說。直到天快亮，阿布才慢慢恢復一點意識。警察詢問了他老家跟台中這邊朋友的電話，分別通知。

「連他爸媽都知道了？」我咋舌。

點頭，小草說阿布的父母半夜裡從高雄趕來，現在都在阿布的宿舍，他也剛剛才從那邊離開。「妳要不要過去一趟？他父母想見妳。」

「見我？」

「大概是想知道事情的始末吧。」小草說。

「算了吧。」我苦笑搖頭，這時候還見什麼見？「想知道前因後果，叫他們去看看阿布電腦裡那些對話紀錄就夠了。」

看著那幾箱阿布的行李都上車，跟小草、嘉荷揮手說再見，我坐在宿舍外的路邊點了一根香菸，心裡百感交集，卻理不出半點頭緒來。

就這樣沉澱了好幾天，趁著開學前，拋下這些不愉快，我買了一張火車票，收拾行李，獨自上車。在座位上，聽著歌，很不想再去回憶那些不堪的過往。沒有特別想去的地方，但我知道，如果不暫時離開，自己一定承受不了那些飄浮在空氣中的沉重分子，我的肩膀沒有比較寬厚，心臟功能也不比其他人強。

路過嘉義時，我莫名其妙地下車，跑去買聞名已久的方塊酥，又在車站附近吃了一碗老實說也沒什麼不同的火雞肉飯，瞎晃一圈後又回車站，反正南下的列車很多。但台南我沒有再逛一次，一直到高雄，走在新崛江熱鬧的商圈裡了，我還在想，如果韻潔知道我跟阿布最後的下場是這樣，她會怎麼想？應該會嗤之以鼻吧？她本來就非常不看好這段感情，對阿布也頗有微詞，而我不顧她的反對，堅持一意孤行，結果弄得灰頭土臉。

靠著不斷問路，從新崛江逛到城市光廊，騎著租來的機車，跑到忠烈祠去看夜景，還去了西子灣。南台灣更熱，走幾步路都可以滿身大汗。恣意遊盪在這些耳聞很久的地方，沒什麼特殊目的，只是一邊走的同時，一邊讓腦袋裡的回憶慢慢流過。這些風景點，都是一年來跟阿布相處的過程中，或多或少聽他提過的地方，那些以往只能從語言中去想像的畫面，我希望能夠親眼看看，就算最後我們沒能實現一起去旅行的心願，至少我自己一個人來了。

西子灣的夜晚很美，霓虹繽紛，海面上波光粼粼，我一個人看著看著都呆了，連旁邊有兩個男生開口搭訕我都差點沒聽見。

「這裡很美吧？妳怎麼一個人來？」那兩個男生長相都很普通，看起來就是標準的死大學生。

「一個人不能來嗎？來這裡抽菸行不行？」橫了一眼，我懶得多說話，卻也被打壞了興致，最後乾脆放棄，跑到六合夜市去，花了兩百元，拿起一整把飛鏢，根本連瞄準都沒有，朝著前面一堆水球就亂砸一通。那個老闆看得目瞪口呆，我直到心滿意足後才晃回車站附近的飯店去睡覺。

就這樣晃了兩三天，幾乎把高雄能去的地方都跑遍了，打工時好不容易存下來，一直都捨不得花掉的零用錢也告罄了，我才坐上統聯客運。會挑統聯，也是因爲它最便宜。

相較於上次一個人到南部來旅行，那種心境又有了些不同的轉折，隔著車窗，跟這個陌生的大城市說再見，我對自己說：沒關係，一個人也可以很好，我只是需要一點時間去調適，讓時間把很多過往都給淡化，然後一切就會慢慢恢復正常。南台灣陽光耀眼，我覺得自己也可以這樣開朗如晴。掛上耳機，音樂聲慢慢響起，那些都是我跟阿布在一起時，他傳給我的音樂。把椅背稍微放低一點，雙手抱著掛在身上的小包包，正想閉眼安睡時，左手忽然摸到一個堅硬的東西，那瞬間，我全身一顫，輕輕摸著它的紋路，開始有眼淚流下來。那是第一次，爲了這份愛情，我哭泣。

「一枚戒指所圈住的，是我們兩個人。」曾經，你說。

雨停了
就不哭

落葉離枝後便萎頓化成春泥，那一天風拂來時已是早春。
在新生的喜悅裡歌唱著的，是你，
而平靜冷漠地面對死亡的，是我。

沒有誰的幸福是預約得到的，那些擦肩而過的就任其東流了吧？
雨前，我摘一朵寫滿回憶的花就好。

29

淚水無聲地落下，熱燙的感覺滑過臉頰。車窗外午後高溫的陽光不斷透過來，薄薄的眼瞼遮擋不住，閉上眼時，還感覺得到一片紅光。我縮在椅子上，只想很用力地把自己抱得緊緊的，就怕雙手一放鬆，身體就像這份愛一樣，瞬間崩解。

那些我們預約過的幸福，後來到底到哪裡去了？哭泣時，我一直很想這麼問，可是卻找不到一個可問的人。那時在高美濕地，阿布帶我走過海潮的邊緣，黎明初起，溫柔的海草與細膩的海砂碰觸腳底時，美好的觸感都依稀猶存，當他在我宿舍外，把一枚戒指套在我手指上時，說的那幾句話也都還迴盪耳邊，怎麼這些都還相去不遠，我們說好的幸福卻轉眼就沒了？

眞的不愛了嗎？怎麼可能說不愛就不愛？我們曾經認眞地想把自己交託給對方，也曾經許下心願，不管發生什麼事，都要守候在彼此身邊。愛呀，怎麼可能會不愛了？握著那枚還圈在右手無名指上的戒指，眼淚滾滾而下。這些承諾是眞的都消失了，不回來了，無論此刻或未來的我會不會後悔，總之，它就是結束了。

那晚在我宿舍外面胡鬧，阿布是眞的很幼稚任性，但那何嘗不是他覺得自己唯一可做的？他的父母會如何責怪他？朋友們會怎麼看他？這時又回想起來，其實我是感動的，至少曾有個人，爲了他想留住的愛情而犧牲尊嚴，只求自己所愛的人還願意留在身邊。

以後呢？他的生活會怎樣？當以後還想打場麻將時，他會找小草，小草會帶著嘉荷一起去，那他身邊呢？難道是那個小思？如果他們能在一起就好了，至少他身邊位置不會是空著的。然而，我又想，即使他跟小思重修舊好，兩個人又談起戀愛，難道小草跟嘉荷不會投以異樣的眼光？那個位置上的人從我變成另一個人，他們不會介意嗎？如果介意，那麼阿布會不會感到不自在？這樣的不自在，會不會影響他後來的感情？

車子已經開到哪裡了？還有多久會到台中？放下一直以來勉力維持的自尊與僞裝，當我再回到那個曾經屬於我們兩個人的空間時，我能不能眞的說服自己，說這一切都已成雲煙，不再去想著我們曾有過的美好，不再去回憶他爲了懇求我回頭時，不計一切的那一幕？我得開始學著一個人吃飯、逛街，或者任何一個我難過、失落的時刻，都得自己一個人。好想大聲吶喊尖叫，我不是眷戀些什麼，只是在面對最深心處的自己，要逼著自己去接受這一切事實時，眞的好難好難，而這個事實，還是我親手決定的。在客運車上痛哭失聲，交扣的十指掐得肉痛，最後我使勁一拔，將那枚戒指用力扯了下來。這同時，我發現哭泣的不只我一個，車子不知開到哪裡，外頭早已沒了陽光，取而代之的，竟然是陰霾的天空，有細細的雨絲在車窗玻璃上畫出一條條斜長的水線。

然後，我跟自己說：哭吧，管他這輛車上的人怎麼看，反正就哭吧，當我在車上哭完後，或許外頭也就放晴了，在這場雨停之前，就讓我們都一起哭泣吧。

就流淚吧，我對自己說，在這裡把眼淚流完，等雨停了，就不哭了。

30

到底這趟車開了多久？雨是何時停的？我完全沒有印象，哭到昏沉沉地睡著，醒來時，耳機裡早已沒有音樂聲，外頭天也黑了。車子剛下交流道，再沒幾分鐘，我就要回到那個面目全非的世界裡。

或許是習慣了高雄的炎熱，回到台中反而感冒，暑假結束前幾乎都躺在床上掙扎。我沒打電話給任何人，是不希望勞動別人，也是因爲身邊似乎沒剩下什麼朋友。阿布在那件事後，與我徹底斷絕聯絡，彷彿從我生命中消失。嘉荷跟小草也沒找我，可想而知，畢竟小草本來就是阿布的朋友，至於嘉荷儘管和我私交不錯，但她畢竟已經跟小草在一起，我又不是會主動邀約一起玩的人，當然他們會跟阿布那邊走得近一點。此外，我還有誰可以約？

趁著身體好一點，我走下樓，想出門去。每天躺在床上，要嘛吃泡麵，要嘛喝喝麥片，就算不病死也會因爲營養不良而死。

學校附近很多餐飲店都開著，騎車過去逐一瀏覽，看著看著，忽然又沒了食慾。眞怪，明明肚子是飢餓的，但在香味四溢的小吃街上，卻又沒了吃飯的興致。晃過兩圈，到後來乾脆放棄，騎著機車就在附近亂逛。來台中一整年了，原來我都沒好好逛過這個鎮。

不過我也知道自己的體力還很差，趁著今天好一點，還是應該看個醫生。晃到光田醫院旁邊，最後我選擇的是大醫院附近的小診所。實習一段時間後，我眞的有點害怕這種大醫院。

掛了號，領了號碼牌，沒想到只是看個感冒，居然排隊排到三十幾號。反正都是等，不如出去透透氣。走出診所，先在隔壁的小吃店裡吃了麵，又到一旁的飲料店去買杯不加冰的綠茶。我聽見遠處傳來小孩子鬧哄哄的遊戲聲，循著聲音過來看看，一排小欄杆，裡頭是片空地，空地上擺設了一些兒童的遊戲器具，有鞦韆、溜滑梯，還有些我看不懂的，都是顏色很鮮豔，一看就是小朋友會喜歡的設施。一群穿著圍兜，看起來都很大頭短腿的小鬼在那些設備當中鑽來鑽去，有的還一邊跑一邊尖叫。

站在欄杆外面，喝著綠茶，看著小鬼胡鬧。我心想，這眞是一個可怕的世界，在那小小的空地上，有這麼一群能夠製造恐怖噪音的小生物，他們的喧鬧聲居然連我在那邊的飲料店都聽得到，不知道這裡的老師們會不會每個都重聽了？探頭，我想找找看，不知道現場有沒有老師。結果眼睛四處瞄了一下，看到的是個讓我錯愕的畫面：抱著一個看起來不超過五歲的小男孩，臉上有著陽光篩灑過樹林的明亮，阿虎笑得很開心。

阿虎、笑得、很開心！我看著，看得忽然有點顫抖了起來，眞難想像的畫面哪！皺著眉頭，不知道爲什麼居然會覺得有點噁心。

曾經聽他說過在幼稚園打工，但我眞的從沒想像過，他被一群小鬼包圍時會是什麼樣的光景。現在我看到了，那是何等的天眞與開心？阿虎把那個小男孩高高舉起，往上輕拋了幾下又接住，小男孩笑得很大聲，肥肥短短的手在半空中亂舞。我看得有點出神，生命裡原來曾有過這麼純眞的美好，沒有負擔、沒有壓迫、沒有誰背棄誰或誰欺騙誰。在那個時期裡，一切都是直線條地思考，想哭就哭，想笑就笑，喜歡或討厭都能直接表現出來，絲毫不必做作。我有種好羨慕的感覺，那不就是最棒的生命嗎？在這樣的環境裡工作，難怪阿虎總是沒腦袋地樂觀著。

本來很想點根菸，這時我決定放棄，這麼健康的世界裡不應該出現香菸，我把菸盒跟打火機握在手裡，眼睛痴痴地盯著前面看。阿虎把那個小男孩放下後，又跟幾個小朋友混在一起，居然玩起了老鷹捉小雞，他把一群小朋友攏在後面，自己當起老母雞。

慢慢地，不知何時開始，我發覺自己臉上有了微笑。那就是他一直以來的樣子，從好多年前在八斗國中認識他時，阿虎就是個不太知道什麼叫做煩惱的人，雖然有時蠢得像沒腦漿的單細胞生物，但那就是他的長處。或許這就是他選擇在這裡打工的緣故吧？因爲這裡的工作性質跟他的人生態度是如此地相近。

我看他們玩了一次又一次，偶爾有小朋友跌倒，哭了起來，阿虎總會叫大家先暫停，他會安撫那個跌倒的孩子，仔細觀察他是否受傷，然後鼓勵他站起來再繼續玩。他們會這樣玩一整個下午嗎？那應該是很開心的吧？我很想出聲叫他，聊幾句也好，但就在剛想把手舉起來招呼前，又遲疑了。他會想見我嗎？經歷過那些事之後，我很懷疑他還會不會想見我，甚至不只是他，包括韻潔他們，我都不敢想像到底他們會怎麼看我。

從幼稚園外離開，走回診所。看診時，醫生問了症狀，也做了檢查，像行尸走肉般，聽著吩咐呼氣、吸氣，讓醫生把藥管子插進鼻孔裡噴藥。在做這些動作時，我心裡不斷想著的，都是同樣的畫面：那天，在台南成大附近的麥當勞，韻潔板起了臉，端起她的餐盤，起身，把根本還沒吃完的食物一口氣全倒掉，轉身走出店門。

那時我只覺得她很不近人情，這麼多年的交情，難道她不懂我的想法？每個人都有自己對愛情的堅持與觀點，難道她不能稍微放下自己的立場，從別人的角度去爲別人想想？爲什麼非得這樣強勢不可？在談這段戀愛的人是我，身邊的人只要給點意見就可以，又何必做得這麼絕，逼得我非得在友情跟愛情之間做抉擇？

可是事到如今，我開始有點明白她當初的想法，正因爲旁觀者清，她早已看出來我跟阿布不會有什麼好結果，所以才會反對得那麼激烈。儘管她也不過就見過阿布一次，大家打了一晚上麻將而已，但是見微知著，很多事都能從一些小地方窺知端倪，我不及韻潔眼光的銳利，很多事情觀察得也沒有她仔細，所以才會反應那麼大。這樣說起來，當初我大老遠跑到台南來，想試著跟她溝通，讓她了解並接受我跟阿布在一起的事實，這種做法不但顯得愚蠢，而且非常膚淺，也難怪她要那麼生我的氣了。

一邊感嘆著，回到了家裡，沒想到無意間在幼稚園看到阿虎，會勾惹起這麼多的想法，也讓我明白了這麼多道理。

把這兩天被我冒出來的汗水給濡濕的床單都換了，翻開剛買的報紙，找找看有沒有適合的工作。暑假實習已經結束，到明年此刻之前，我有整整一年的白天都有空，是應該找個打工的時候了。

報紙上五花八門的工作都有，很多行業的薪水也都挺漂亮，我一邊看，一邊在想，什麼是適合我的？雖然經濟壓力大，但這次我不想再選擇酒館之類的夜店。已經升上二年級，很快就要面臨畢業後的職場考驗，在大醫院實習的經驗中，我也體認到臨床工作的壓力，那些都是以後需要面對的，既然如此，那麼是不是找個跟所學有關的工作會好一點？

看著看著，最後我打了一通電話，接通時，電話彼端的女人聽我詢問過相關的問題後，非常豪爽地對我說：「這行業要面對的衝突很大喔，我不知道妳有沒有類似的工作經驗，或者在其他診所裡有沒有人告訴過妳，但我得先讓妳知道，這兒有生命的誕生跟死亡，妳如果心理上調適不過來，工作會很辛苦喔。」

「我知道，我會準備好的。」我用很肯定的語氣說。

「那好，妳明天中午就可以過來面試，我們目前正缺人手，希望妳可以成為我們的工作夥伴。」電話裡那女人說：「歡迎妳。」

掛上電話，我告訴自己，不管以前有多少風風雨雨，都要盡力擺脫開來，讓那些曾經困擾著我的一切都逐漸遠去，以後或許還有那麼一天，我能夠坦然地站在韻潔面前。我希望當那一天來臨時，她會用滿意的眼光看著我，並且告訴每個人說，我是她的好朋友。

那是一間台中市非常有名的婦產科診所，我要去那裡打工。

要不要努力往前走，這些是自己決定的。

沒來婦產科打工前，我也曾在大醫院的婦產科實習過，那時大部分求診的都是孕婦，或者做定期檢查的婦女，工作內容雖然算不上簡單，但都是很一般性的。可是到婦產科診所第二天，我就發現不太一樣，診所剛開門，掛號的前三個患者居然都是年輕的女學生，她們有的是自己來，有的有男友或朋友陪同，求診的理由都一樣，都是因爲懷孕，而且沒人願意把小孩生下來。

徐醫師是個大約四十來歲的女人，看診非常細心，也會適時提醒一些工作上的細節。當她在幫求診的女學生們照超音波時，臉上滿是慈祥，說話也輕柔和藹，可惜的是那些患者並沒有因此感受到母愛的偉大，通常在確定懷孕後，她們總是低頭思索了一下，然後就確定地說出答案，「拿掉吧。」

大抵墮胎的方式不外乎兩種，如果懷孕時間不算太長，徐醫師會建議使用藥物做流產，這樣比較簡單，可是因爲患者是回家後自行服藥，實際的狀況很難預料，所以她會要求病人一定要回來覆診。另外如果懷孕時間較久，就得動手術才能刮除。第一次配合著手術時，我只覺得毛骨悚然，以前從沒參與過這樣的工作，處理完後，看著身體非常虛弱的母親，我會覺得很心酸。清理善後時，那種壓力更難以言喻。篤信基督教的徐醫師非常不喜歡動手術，也不喜歡開流產藥，她說每個生命都有其價值，不應該由任何人來決定是否將之摧毀。

「沒辦法，這不是我們能決定的，不是嗎？」有一次下午休息時，她看完預約表，嘆了一口氣。那張預約表上，除了兩個孕婦來做產前檢查外，其他的全都是墮胎。見她搖頭嘆息，我說：「如果她們自己不想要孩子，不管什麼理由，我們都只能依照她們的意願，把這個孩子處理掉。」

「妳還小，不見得了解這種悲哀。」徐醫師說：「有很多人費盡心思，用了多少方法，連一個孩子都求不到。我們也常遇到那種患者，她們不管什麼偏方都願意嘗試，就只是希望能夠懷孕，生下一個孩子。」

我點點頭，說：「但是對大部分來墮胎的患者而言，不能把孩子生下來，都有她們自己的苦衷，我們也是在幫助她們，不是嗎？」

「這就是盲點所在了。」徐醫師笑了笑，「即使是未成年的女孩，她們只要簽下一紙同意書，把錢掏出來，就可以進行手術，這是何等的方便，對不對？這種手術十年前的價錢，跟十年後幾乎沒有差別，看起來像是一件好事，可是妳知道嗎？正因爲這種手術如此簡單，而且方便，所以她們更可以忽略避孕的重要。從妳的角度看來，我們是在幫助那些需要墮胎的患者，從我的角度看來，倒覺得我們是幫凶、是劊子手，因爲我們才是動手扼殺生命的人，也是我們，才讓這些少不更事的女孩子以爲墮胎是件非常輕鬆，沒什麼大不了的事。」

她說的話很長，我聽起來有些一知半解，但大致上是明白的，畢竟每個生命都有其存在的價值，我們實在不應該說終結就終結。

「所以我們唯一能期望的，就是這些犧牲掉孩子的患者，她們能夠更把握自己的人生，如果還有下次，希望她們知道每個生命的存在都有意義。」

我想起阿虎在幼稚園裡抱著孩子的那一幕，對徐醫師的話深表贊同，那可不是？如果一個孩子能夠被順利地生下來，在一個很陽光的環境裡長大，那該是多麼美好的事？如果這個孩子能遇到一個像阿虎那樣的幼稚園老師，那大概眞的是幸福到無以復加了。還在想著，徐醫師就交代我把下午工作的事前準備先處理好。轉身前，我看見她凝著眉頭，可想而知那份預約表對她壓力有多大。

這工作並不難，只要調適好心態就可以勝任，一連幾個月，幾乎都是公式化的進行，掛號、檢查，然後手術，或者又繼續檢查，準備生產。原本我以爲大概就這樣了，沒想到就在接近年底時，我們遇到一個很棘手的病患，她的年紀已經不小，卻因爲缺乏避孕觀念而懷孕，徐醫師初步診斷跟諮詢後，確定要動手術，孰知在手術中發現那位病患的子宮著床比超音波顯示的更深，且因爲超過適合動手術的時間，胎兒已經長大成形，所以更難刮除，費了好大工夫，花了比平常多將近一倍時間才完成手術，而且由於患者有長期服藥的習慣，雖然胎兒在子宮裡已經夾碎，取下來時是一片血肉糢糊，但經驗老到的徐醫師說那其實是個畸形胎。

那天晚上，我第一次爲了這份工作而蹺課，因爲實在忙得走不開，終於下班時，都已經晚上八點多，就算趕回學校也來不及了。

「辛苦了。」一個上晚班的學姊拍拍我肩膀，對我說：「趕快回家休息吧。」

我點點頭，拖著疲憊的步伐走出診所，整個人差點沒累癱。從台中市騎車回沙鹿的距離有點遠，夜風漸涼，吹在身上開始有點冷。第二年了，依然不太習慣中台灣的溫差變化，白天很熱，晚上又瞬間變冷。回家前我特地繞到附近去買消夜，今天的工作很辛苦，還害我蹺課，也沒吃晚餐。

把一袋米粉湯掛在機車上，接連打了幾個喝欠，雖然精神不濟，然而腦海裡還滿滿的都是今天工作的情形。如果那樣一個胎兒被生下來，人生際遇會是如何？我很慶幸自己好手好腳，至少不用承受別人異樣的眼光。然而轉念又想，儘管我的身體很正常，可是心理呢？以前曾跟嘉荷說過，照護病患的人，自己需要很好的心理健康，那現在我呢？真要命，又想起那些不好的回憶，也想起自己現在是孤單單的一個人，經常手機開了一天都沒人打，上課時雖然還跟嘉荷有說有笑，也不比以前那樣熱絡了，離開學校後更慘，我簡直像被世界遺忘了，一個人呼吸，一個人生存，簡直可悲到極點。

原本的疲憊，現在又加上濃濃的惆悵，轉了兩個彎，我騎到宿舍樓下，悵然地嘆了一口氣，很想抽根菸，不過現在我更想吃米粉，才剛拿下安全帽，正想開鐵門上樓，背後忽然有人叫住我。

剛剛才想，這世界的人好像都遺棄我了，多麼希望有人來找我呀！不過聽到那一聲叫喚，我卻沒有幾分欣慰，因爲一回頭，那個人就躲在轉角的柱子後面，他是阿布。

爛事通常是無獨有偶的。

「不管你還有什麼想說的，總之，請把握機會，因爲這可能是最後一次見面，而且還能夠心平氣和。」不打算讓他進我房間，就在宿舍樓下的停車場，我希望速戰速決，不想拖延太久。一來其實沒有什麼好追究的，既然已經決定，就沒有更改的必要，二來，這麼疲憊時，對著他一直哭喪的臉，老實說我眞的沒多大耐性。

「妳要怎麼樣才肯相信我？」阿布看來非常憔悴，似乎有好長一陣子都沒睡好了，滿臉鬍渣、眼袋下垂，整個人都很沒精神。

「你要我相信什麼？」我攤手，「都什麼時候了，還談什麼相不相信？」

沉吟了一下，阿布說：「我覺得這樣不公平，沒有眞憑實據，就光憑那一點對話紀錄，就因爲妳看見我跟她去吃過一次消夜，然後就判定我有罪，這樣很不公平。」

「公平？」我只覺得荒謬之至，不曉得這個人是基於什麼立場來跟我談公平，「我沒有其他眞憑實據，是因爲我懶得抓，那些你無聲消失的夜晚都到哪裡去了？那些你一整晚電話都打不通的時候都幹什麼去了？你的朋友有哪些，一年來我幾乎每個都見過，你沒跟他們在一起，那你人在哪裡？摸著良心講，你自己知道，又何必我來找證據？怎樣的證據才能判定你有罪？是不是非得親眼看見你跟那個小思脫光了躺在床上才算數？我可沒有那麼好興致去看這種場面。」

看著啞口無言的阿布，我說：「如果你想來找我吵架，那很抱歉，我沒力氣也沒興趣；如果你想來解釋什麼，那你已經過了應該解釋的期限。」

「我想跟妳道歉，可以嗎？」眼見我已經在下結論，他說得很急。

「不好意思，無濟於事的道歉，我不想接受。」說著，我站起身來，走進樓梯口前，我說：「接受事實，好好過你的日子吧，別讓自己就這樣整個爛下去了，可以嗎？」

「妳一直拒絕我是因爲妳跟那個阿虎在一起了對不對？其實先劈腿的人是妳，對不對？」在我關上大門前，聽到他又開始歇斯底里地鬼叫。嘆一口氣，我眞的沒有力氣多吵什麼了，愛鬧事就讓他去鬧事吧，反正再過不了幾分鐘，我看大概就有人報警了。分手都多久了，還吵這些幹什麼？我上樓的腳步非常沉重，沉重到連我自己都不想去分辨到底是爲了什麼。

二年級的課程又更重了些，雖然考試不多，大部分都是報告，但上課時光是生物統計學之類的就累死我了，再加上我在班上幾乎是舉目無親，要跟同學做分組報告就更難了，每次都是嘉荷看我可憐，才把我拉到她們那一組去。

期中考剛過，每天都是乏善可陳的日子，雖然上班已經很得心應手，相對的是我好像變得更麻木了些，整個人就是一部只會按照程序工作的機器，對那些生呀、死呀的好像快沒感覺了。

是倦怠嗎？自己也不知道，偶爾看看電腦裡存下來的，那些一年多前拍的舊照片，眞是天壤之別，那時我多像一隻花蝴蝶，開心地舞動翅膀在紅綠相間的花海裡優遊自在，而今則是一身白色的制服從早穿到晚，然後恍著神，一臉痴呆地來上課。

好久沒喝酒了，看著以前在小酒館打工時，他們隨手幫我拍的照片，心中無限感慨，很想回去看看大家，可是我既沒時間也沒閒錢，而且就算回去了，遇見阿虎時我能說什麼？想著想著，不禁惆悵起來。正想乾脆一點，關了電腦去睡覺，結果一通電話響起，耀哥說他現在人在沙鹿，就在我們學校附近，問我要不要出來。

「多虧了你喔。」我苦笑，十分鐘前才在看著小酒館的照片，十分鐘後我就眞的走進來了。耀哥的膚色好像又更黑了一點，他們醫學院難道都在室外的大太陽下上課嗎？問他爲什麼這時間出現在台中，聳聳肩，他說又是那個薛教授，因爲來我們學校參加一個學術研討會，教授有幾篇新的論文要發表，所以才千里迢迢來台中。

「有學術研討會嗎？」我搔搔頭。大概那是日間部的活動，所以我們這些夜間部的都不曉得。

老闆娘很開心地請我喝兩杯新調酒，熱情地寒暄了幾句，還問我有沒有考慮回來上班。跟她說了在婦產科打工，她點點頭，說這樣也好，學要可以致用才有效。說著，我請她打電話給阿虎，叫他趕快過來。

「跟他說，我帶了一個人來找他，保證他看了之後會痛哭流涕。」我故作神祕地說。

等待時，耀哥先喝了一瓶啤酒，也抽了兩根菸，問我最近好不好。

「還挺不怎麼樣的。」我嘆氣，看看這個曾經很熟悉的環境，小聲地說：「如果不是你忽然出現在台中，又臨時說要喝酒，我想我大概這輩子可能都不會再踏進來了。」

「怎麼妳心裡的那些結還沒解？」

點頭，我說這世上有很多時候，人跟人之間產生的心結並不是說要解就能解的，自己覺得可以釋懷的，在別人眼中未必可以，自己認爲能夠放下的，別人也不見得能放下。

好像發現了什麼新奇的東西似的，耀哥側頭看看我，很難得地露出微笑，「我本來以爲妳這個人挺聰明的，沒想到原來這麼死腦筋。」

「死腦筋？」我愣了。

「如果是其他人，那我不曉得，但如果妳指的那些『別人』是我所認識的那幾個人，那我告訴妳，妳未免太小看他們了。」耀哥說：「這麼多年，妳不應該不明白才對。」

「明白又怎樣呢？現在是我自己的問題呀，」放下無謂的身段，我老實地說：「是我自己沒臉去見他們的。」

「妳也知道那是妳自己的問題。不過那又算得上是什麼問題？鍾韻潔這個人妳比我熟，要怎麼搞定她，不需要別人來給妳意見，至於阿虎，那就更不用放在心上了。」

「不用放在心上才怪呢。」我囁嚅著告訴耀哥，不久前那次，在店門口遇見阿虎，我完全把他擋在門外，拒絕他關心。以他那種死要面子的個性，這種好心被狗咬的事他不記恨才有鬼，我甚至還在打算，等阿虎一來我立刻就離開，以免大家尷尬。

耀哥眞的笑了出來，他說：「我一點都不覺得，不信待會妳就知道。」看著我，他說得很有自信，我還在狐疑呢，就聽到老闆娘尖叫了一聲，她匆匆忙忙地從店門口跑進來對大家喊了一句，「阿虎被人打了！」

我們大家都嚇了一大跳，手中的酒杯跟香菸都還來不及放下，一群人急忙跑出來看，只見阿虎被按倒在地上，整個臉都埋在土裡，而騎在他背上正不斷飽以老拳的，赫然是我那個前男友。

「阿布，住手！」我尖叫了一聲，但是打得正起勁的他哪聽得見。

「妳前男友呀？」剛剛還一臉緊張的耀哥，現在居然袖手旁觀地問我，「妳男朋友姓武嗎？」

「不是呀，怎麼了？」

「讀過《水滸傳》沒有？武松打虎的姿勢就像這樣。」耀哥竟然笑了出來，「所以這是現代版的，叫做阿布打『虎』。」

「快去拉開他們啊！還開什麼玩笑呀你！」我眞的很急。

「要證明給妳看的可能得等一下了，在友誼賽之前，我們得先打一場淘汰賽。」說著，耀哥把酒瓶交給我，很悠閒地朝他們走了過去。

通常，解不開的心結，都是自己綁死自己。

那動作快得幾乎看不清楚，耀哥走上前幾步，抓住阿布的後頸，很輕易地將他整個人往後拉，我看得咋舌，這兩個人的身高體型相去不遠，怎麼耀哥的動作如此輕而易舉？阿布被猝不及防地往後一扯，腳步都還沒站穩，肚子已經先捱了耀哥一拳，痛得他幾乎彎下腰去，耀哥絲毫不給他喘息的機會，抓住阿布的腦袋往下壓，跟著膝蓋抬起，重重地頂上去，就看見阿布原本俯下的身子又瞬間仰頭而上，鼻血也噴得很高。

這一幕讓大家都傻眼了，我本來還以爲耀哥是去勸架的，沒想到他動起手來比誰都狠，我正想往前去制止他，結果耀哥隨手一舉，跟著劈了過去，我沒聽見骨頭斷裂的聲音，但看到阿布癱垂的左手，還有痛苦至極的表情，顯然左邊的鎖骨已經被那一下手刀給劈斷了。

「媽的……」阿布跌倒在地，臉上都是鮮血跟扭曲的五官。

「小子，我教你三個道理，你要牢牢記在心裡，」一派輕鬆的耀哥蹲了下來，他抓住阿布的頭髮，對他說：「第一，別在別人的地盤上鬧事，這是最蠢的行爲；第二，騎在人家背上打時，要留意背後有沒有人偷襲，螳螂捕蟬的下場是什麼要記得。」頓了頓，他還想了想，居然說：「第三個我忘記了，以後有機會再告訴你。」

「媽的狗男女！我就知道你們會約在這裡！你們……」耀哥才剛站起來，還癱坐地上的阿布對著我又吼了一句，不過他那句話也沒能吼完，耀哥一轉身，又是重重的一腳朝他胸口踹了過去。這次我清楚地沒看錯，阿布被結結實實地踹中，「砰」的一響，嘴裡噴了好大一口血出來。

「我想到第三個道理了，」耀哥冷冷地說：「第三個道理就是，打輸的人最好夾著尾巴快點滾，別再大聲說話，尤其是屁話。」

總不能把滿身是血的阿布給丟在店門口，我趕緊打電話叫小草跟嘉荷來送人去醫院。那邊阿虎也好不到哪裡去，老闆娘找他時，他還半信半疑，以爲有什麼好玩的事，沒想到才到店門口，機車剛停下，就被尾隨著我出門、埋伏在一旁的阿布給偷襲了，半顆磚塊打得他頭破血流，還被人家壓在地上，像武松打虎那樣海扁。

「換你了，你想怎麼打都可以。」耀哥把阿布拎起來，拖到阿虎面前。

「打我是吧！打我是吧！可惡！」阿虎根本連蒼蠅都拍不死，還是勉強賞了幾巴掌，與其說是打耳光，還不如說是在幫阿布的臉擦血，大家看得都笑出來了。

跟小草解釋了一下狀況，請他們把阿布送走，然後我幫阿虎清理過傷口，這才帶他到另一家醫院去，急診的醫生幫他縫了五針，那個捱了磚塊的傷口腫得很高，簡直跟《西遊記》的金角大王沒兩樣。

或許應該感謝阿布，他的這一場胡鬧，讓我暫時忘記了遇見阿虎時可能會有的尷尬，等我們都從醫院回來，他也喝了一杯壓驚酒了，我才想起來。而他這也才意識到，耀哥出現在這裡，是多麼奇怪的畫面。看著耀哥，我覺得阿虎好像有眼淚要流下來的樣子。

「我覺得挺怪的，爲什麼這麼多年來，你每次都被打成這樣？」端詳著阿虎頭上的紗布，耀哥說。

「那是意外好不好？如果不是他從我後面偷襲，我怎麼可能打輸？」又開始嘴硬，阿虎說他小時候學過跆拳道，兩個人如果光明正大地對決，他就算眞的不敵，也未必會傷得這麼難看。

「是嗎？」耀哥露出不信的表情。

「當然呀，我們認識這麼久，出去打過那麼多次架，你看我還不是好手好腳的？」說著，阿虎對旁邊圍觀的那些客人跟工讀生們就要開始臭屁起當年的種種。我微笑地看著他們，心想或許這就是我該離開的時候了。耀哥跟阿虎很久沒見，他們會有聊不完的話，而且一開始喝酒，也不曉得會喝到幾點，我明天早上還得上班呢。

眼見得阿虎已經開始吹噓，還說到當年我也曾目睹過的，那場在基隆鐵路街的械鬥。可惜今天晚上三缺一，如果梁子孝也來了，三兄弟聚在一起，一定有更多話聊。

我慢慢往人群後面退，摸摸口袋裡的鑰匙，準備轉身離開。就讓他們去聊吧，儘管耀哥說得沒錯，這些心結是我自己的問題，但我真的不能肯定，就算我覺得雨過天青了，可是在阿虎或其他人眼裡，他們會用什麼眼光看我，而且，我也不覺得自己已經做好心理準備，要重新再面對這些曾經被我的任性與無知給逼走的老朋友們。

「拍」地一響，我還沒走到店門口，忽然聽到好清脆一個巴掌聲，大家也都嘩然，我一回頭，阿虎正一臉錯愕地摀著臉頰，用不可置信的表情看著耀哥，但耀哥卻輕描淡寫地喝了一口啤酒，然後狠狠地又甩了他一個巴掌。

「你幹麼忽然打我？」還在愣呢，阿虎開口問。

「不知道，忽然覺得很想打你。這理由可以嗎？」說著，趁阿虎把摀臉的手放下時，第三個巴掌甩出去。又是好響亮的聲音，大家也都完全傻眼了。

「還打？」阿虎痛得眼淚都快飆出，正搓著臉，耀哥忽然改用另一隻手，就狠狠打在他另一邊臉上。

「你再打我要生氣了喔。」眞的被打得哭出來了，阿虎語出威脅，可是沒有人感到害怕，因爲根本一點威脅性都沒有。

「眞的會生氣嗎？」耀哥問他。

「會呀，我眞的會生氣喔。」阿虎大聲強調，「你幹麼無緣無故打我？莫名其妙被打當然會生氣呀！」

「那你生氣會怎樣？」耀哥問得興味盎然，阿虎卻爲之語塞，一句話也講不出來。

我看不懂這麼做的意義在哪裡，一時之間也忘了自己正打算偷偷離開，還忍不住又向前走了兩步。

「他會生氣，妳看到了。」耀哥轉頭對我說：「他是個活生生的人，莫名其妙被揍的話一定會很生氣，那是人之常情，如果換成是別人，比如剛剛被抬去醫院那個白痴，阿虎大概已經發瘋了。可是因爲打他的人是我，所以他除了說他會生氣之外，其他的其實也不會怎麼樣。」

「所……所以呢？」我呆愣愣地接口。

「我在他心裡的地位及不上妳，對他造成的傷害卻比妳嚴重，可是他都沒怎麼樣了，那妳還有什麼好放不開的？」看著阿虎已經紅腫的臉頰，耀哥說。

我是放得開了，不過阿虎也又要去醫院了。

雨停了就不哭

舊曲調又揚的夜有清冷晚風，捎來北方多年前逐遞淹埋的記憶，
那年，讖語似的緣分緊纏我們，
不離不棄，不離不棄。

我遊走過生與死的窄門，卻聽兒滿天霧裡有歌輕輕，
雨停了，就不哭了。

34

「我還以為你變得正常一點了，現在看起來也不是那麼一回事嘛。」我皺眉，看著阿虎，他正在聚精會神地檢查相機準備拍照。

「這可是為了分數耶。」他說。

這幾天來，他在鎮上近郊騎著機車到處亂逛，物色到幾家「有應公廟」之類供奉無主孤魂的廟宇，這些所謂的「陰廟」裡通常都會有一個或幾個罈子，存放那些好兄弟的骨骸。阿虎就是要去拍那個罈子。

「你確定這樣眞的能拿到分數？搞不好你們老師只是開玩笑的。」我非常非常質疑這種拿分數的方法。然而阿虎極為肯定，他那個台灣文化概論的老師跟大家說，只要能夠拍到裝骨骸的罈子，這學期就算不來上課考試也有八十分。要是誰有種把那個罈子給打開，拍一張裡面的死人骨頭，就可以拿到九十分。

「眞的要進去嗎？」就在學校附近的百姓公廟外面，簡直是月黑風高，連路燈都黯淡不明，一直有微寒的風，讓我不由自主地發起抖來。三更半夜來幹這種事，說不害怕絕對是騙人的。但他都開口找我幫忙了，要拒絕又說不過去。「你就好好去上課，乖乖考試跟寫報告，要及格總不會很難吧？幹麼非得冒這麼大的險？」

「我算過了，這門課的成績配分很簡單，我自己都算得出來。這學期如果想過關，妳知道我期中考跟期末考要考幾分嗎？」阿虎把相機的電池裝好，說：「期中考至少要考一百二十分，期末考要考兩百三十分。」

「他媽的現在才剛開學沒多久耶！你到底是去學校幹麼的？」我咋舌。

「我也想知道為什麼會這樣，」他一臉倒楣樣，「每次我去上課他都不點名，我偶爾蹺個課，他找人問問題時就都很剛好問到我，幹。」

迫於無奈，我站在廟門口幫他把風，這廟實在小到不能再小，站在廟門口其實反而更加顯眼，不過那也沒轍了。阿虎用力拉開已經掩上的廟門，躡手躡腳地溜進去，也不曉得究竟怎麼樣，我只看到手電筒的燈光在裡頭閃了閃，然後是好幾下閃光燈刺眼的白光，跟著阿虎匆匆忙忙地跑出來，叫我快發動車子。

「到手啦？」

「慶祝我這學期有八十分，請妳喝酒！」他高興得幾乎要尖叫了。

不知道是該鼓勵他好，還是應該責備，這個人總是要到最後關頭才肯背水一戰。在快要打烊的茶店裡，他仔細看著數位相機裡的照片，問我要不要看。

「不要。」我趕緊搖頭：「搞不好過不了幾天，你就會中邪，開始看到鬼影，或者被鬼上身，最後發瘋而死，就像電影裡那些挖掘法老王墳墓的考古學家一樣。」

「我沒打開那個蓋子呀，只是拍幾張骨灰罈的照片而已。」

「拍照也是一種褻瀆。」我說。

「那妳把風的也一樣有罪，搞不好妳比我更慘，我發瘋後完全喪失記憶，每天瘋瘋癲癲過日子，妳會只瘋一半，明知道自己不正常，還是在一堆大便裡打滾。」

「幹！」氣得我拿打火機丟他。

「不過沒關係啦，如果眞的被詛咒，我覺得也不錯，至少有妳作伴。」他笑著說。

「免了，爛事你自己去慢慢體驗就好，別拖我下水。」我瞪他一眼。

從那天之後，阿布眞的徹徹底底消失在我的世界裡，我想他大概永遠都不敢靠近這家小酒館了。耀哥也是，那天之後他就又不見了，只說過陣子有機會再來找我們。然後，阿虎就這樣又回到我的世界裡來，好像忘了過去那些不愉快似的，他依舊愚蠢而樂觀地過日子，用他自己那一套奇怪的邏輯去生活。送我回到宿舍樓下，天氣漸涼，阿虎叮嚀了一句，「明天上課記得帶外套，開始變冷了。」

我點點頭，回到房間，還沒進浴室洗澡，他就傳來了簡訊，叫我早點休息，又說他剛剛忘了問我要不要吃消夜，眞是不應該。我苦笑，不曉得該說什麼才好，能夠不計前嫌地繼續當朋友，我當然感激涕零，至少他讓我覺得並不孤單，然而過度的關心，就會讓人不太自在。機車我不是沒有，路也不是不認得，口袋裡不會空空如也，答應要陪他去拍照是我自己的決定，除此我也沒要任何報酬，當然如果夜裡肚子餓了，要不要出去覓食也是我的事才對。看著那訊息，決定不回，因爲不管回什麼都不太妥當，先這樣吧，好嗎？

生活很簡單，也自有它的美好，如果不要遇到什麼大事，其實大多可以平靜地過，也不會想到很多問題。不過要說都沒事那也是不可能的，上學期幾個大節日都簡單地過去了，跨年跟平安夜要上班，阿虎雖然積極邀約，我就是沒出現。他們在店裡狂歡，我選擇一個人在家裡看電視。並不是不想出去，只是到哪裡都一堆人，那種擁擠的感覺我不喜歡，而且這類節日大多跟情侶有關，我去了要幹麼？

不過避得開這些節慶，也避不開生日。阿虎說他想跟店裡的那些朋友幫我辦個生日派對。我很猶豫，派對本身沒什麼，酒館會很樂意讓大家來聚會，反正那本來就是賺錢的方式，我卻有所顧慮，因爲那裡的人都是阿虎的朋友，全世界都知道阿虎對我有意思，要是這個派對辦了，屆時還不讓他們有起鬨的機會？那是我極不樂意見到的。況且，我也還記得去年生日阿布送我戒指的畫面，就從那天開始，我們正式在一起，今年我可不想重蹈覆轍，又把自己往火坑裡推。

「眞的不要嗎？」跑到望高寮來看夜景，大度山上有點冷，但夜空清朗，看出去燈光繽紛，坐在欄杆上，我點了一根菸，又婉拒了一次阿虎的提議。

「我那天可能另外有約。」如果沒有任何藉口，那就很難不接受阿虎的意見，我瞎掰了一個理由，「診所的同事們可能會有個聚會，也順便幫我慶生。」

「那妳可以去完那邊的聚會再過來呀，派對可以晚一點。」

「沒關係啦，你們玩就好了，診所的聚餐結束後也許還會有節目，我也有其他的朋友呀，也許會到市區的夜店去續攤。」我說。

「妳還要去那些夜店呀？」阿虎皺眉，「那些地方很亂，妳又不是不知道。」

我苦笑，不曉得該怎麼說才好，搞到後來已經沒什麼看夜景的興致，最後索性跟他說不如回去吧。

路上很沉默，我們各有各的心事，他大概對於這個派對無法舉辦而耿耿於懷，我是因爲不喜歡自己的行動被過度干涉。

回到宿舍樓下，看著阿虎離開，我嘆了一口氣，本來想直接上樓的，但轉念一想，不如走到附近便利商店去買幾瓶啤酒。哪知道我才在掏皮包而已，手機就響了起來，來電顯示是一個很久沒跟我聯絡的人，雖然我幾乎每天都遇得到她。

「妳覺得一個人要活多久才算夠本？」嘉荷的聲音有氣無力，在電話中問我，「我覺得我活得好累。」

「什麼意思？」我愣了一下，直覺有問題，急忙問她人在哪裡。

「在學校門口的陸橋上呀，好悶，不知道應該幹什麼才好，所以我正在考慮要不要往下跳。」很平緩，但卻毫無生氣的語調，她說著。我嚇了一大跳，轉頭過去，果然遠遠的陸橋上站著一個人，就攀在欄杆邊。

「妳要跳也可以，」我用最平常的語氣說話，卻用跑百米的速度拔腿就往她那邊狂奔過去，「不過在妳要跳之前，可不可以先陪我去一下便利商店買啤酒？」

好朋友與情人之間還有一線之隔。
那條線很不顯眼，但絕對存在。

其實也沒什麼大不了的，不過就是大吵一架，爲的還是些芝麻蒜皮綠豆大的事，兩個人敲不定一起吃晚餐的地點，嘉荷是個沒主張的人，小草又習慣凡事都要請示，鬧到最後什麼都沒決定，晚餐當然也沒吃，嘉荷認爲小草咄咄逼人，小草認爲嘉荷在擺架子，兩個就吵了起來。

我眞是哭笑不得，帶她到便利商店買啤酒，就坐在店門口的小桌邊喝了起來，安撫了她的情緒後，我們開始聊天。其實有點好奇，好長一段時間以來，在私人的事情方面，嘉荷已經很少找我，爲什麼今晚她會打電話來？

「不知道，」她有點不好意思，低著頭說：「本來很想打電話回家哭訴的，可是我媽一定會覺得這種事很幼稚，而且會罵我一頓，說我在台中都不好好念書，一天到晚談戀愛。所以我想還是打給比較了解我的朋友會好一些。」

「妳的朋友也不算少了。」我微笑著說。

「但是眞正交心的也不多呀。」說著，她抬起頭來看了我一眼。

那當下，我忽然很有感觸，儘管因爲我跟阿布分手的緣故，這段日子以來間接地也影響了我跟嘉荷、小草的關係，甚至在上次小酒館的衝突後，嘉荷對我幾乎到了不理睬的程度，可能阿布受傷後在背後說了些什麼也不一定。那爲什麼此時此刻她會打電話給我？

以手支頤，我在想，難道她打電話給我之前沒有任何猶豫嗎？或者，她不會擔心，假如我接起電話後的態度非常冷淡，那她該如何自處呢？會這麼想，是因爲我現在就有這種掙扎，究竟我應不應該主動去聯絡韻潔跟小紫？小紫的個性比較溫和，韻潔可就不同了，倘若她還心存芥蒂，那我打過去的電話可能她永遠都不會接吧？

「不好意思，明知道妳明天要上班，我還這樣煩妳。」

忽然的道歉讓我有點不知所措，急忙跟她說沒關係。嘉荷似乎瘦了很多，我這也才發覺，自己已經很久沒有關心過她，儘管我們每天都見面，但就是沒能好好聊聊。

不知不覺都兩三點了，阿虎傳簡訊來時，嘉荷剛走進便利商店去，我們喝掉了快半打啤酒，但還意猶未盡。我回傳說現在人還在外面。

「爲什麼還不回去？外面很冷，而且明天早上妳還要上班，現在先回去吧。」過不多時，他回覆過來。於是我又傳過去，告訴他今晚大概不睡了，嘉荷有事，我不能不管，而且就算要睡，我也會帶嘉荷回我那邊去睡。

「幹麼讓她去妳家？萬一她男朋友跑來鬧事妳怎麼辦？不相干的事妳別管太多。」

看著那訊息，我皺眉，什麼叫做不相干的事？嘉荷跟小草也算是我撮合的，怎麼會跟我無關？真要說不相干，那我這邊的事才跟阿虎不相干吧？他還不是管到我這兒來了？

「會不會不方便？」見我一直在用手機，嘉荷有點赧然。

「有什麼好不方便的？」笑一下，我把手機放桌上，打開兩罐她剛買的啤酒，一起喝了起來。

「新男朋友？」嘉荷還在好奇，問我，「妳這麼晚還在外面，他一定很不高興吧？」

「如果是男朋友，那不高興還可以理解，問題就是我們現在只是朋友，不知道他在不高興什麼，」我聳肩，苦笑，「還挺莫名其妙的。」

聽我講完阿虎的事，嘉荷說那是一種關心，因爲關心，所以才有這些舉動。點頭，我說我當然明白，可是想得再深遠一點，現在他還不是我男朋友，就已經這樣處處限制，什麼都要過問，要是以後眞的談戀愛還得了？只怕他每天出門都要把我拎著走了。

在便利商店外大聲笑了出來，好像回到一年前我們剛認識的時候。那時我們一起到處找工作，因爲她的粗心大意，每個工作都做不了多久，甚至還一起被開除過。原本我以爲大概到我二技畢業，她都不會再跟我有這樣一起喝酒聊天的夜晚了，沒想到今天卻因爲她跟小草的一場爭執，讓我們又恢復當初的情誼。

「妳還在外面嗎？要不要我過去陪妳？」忽然，桌面震動了幾下，我的手機又收到阿虎的簡訊。我傳回去，跟他說免了，這是屬於兩個女人的時間，請男生止步。

「那妳回到家立刻打電話給我，跟我報個平安。老實說，我很不喜歡妳這樣子。」不到一分鐘，他還在傳。

「崔先生，你家住在海邊嗎？管這麼大，都管到我這裡來了？老實說，我也很不喜歡你這樣子。」縮在便利商店外的涼椅上，嘴裡叼著香菸，一手拿著啤酒，我用一隻手傳完簡訊，然後立刻關機。

「還好吧？」嘉荷關心地問。

「一個男人如果不知道什麼時候該講話，而什麼時候該閉嘴，那這個男人基本上就不能算男人了。」我說。

「不然算什麼？」

「婆婆媽媽的死娘砲，媽的。」我說。

男人，講話前請你們用點腦袋，謝謝。

36

「所以你懂了嗎?」我不算太嚴厲的語氣，但非常認眞，「無論以前發生過什麼事，也不管以後會怎樣，總之我目前沒打算被任何人約束，因爲我非常清楚自己在做什麼，也知道這是我現階段最好的選擇。」

「我只是想關心妳，這樣不可以嗎?」又是一臉倒楣樣，阿虎問我。

「關心當然可以，是朋友都會互相關心，問題是你的關心不能造成別人的困擾，明白嗎?」在學生餐廳裡，我說得很大聲，有不少其他桌的學生都轉過頭來看。

爲了這件事，我特別在中午沒有排班的日子裡強迫自己早起，還跑到他們學校來，這要命的坡依然那麼陡，走得我差點沒斷腿。

「我還以爲妳約我吃飯，會有什麼好事的。」他皺眉。

「好個屁事!」我說。

眞奇怪耶，我想起以前跟阿布談戀愛的後半段，他的態度是那麼強硬，叫我辭職就辭職，叫我幹麼就幹麼，雖然心裡有所不滿，但最後我居然也都照辦了。反觀現在，阿虎簡直是軟弱到不行，我看著他那樣子就心頭有氣。

「我也曾經跟你說過，別對我那麼好，不要刻意做什麼事，因為我不會因此而特別開心。你記得嗎？」

他乖乖點頭。

「而且，我說我很討厭人家這樣對我，這麼做只會讓我反感。」

他又乖乖點頭。

「所以拜託你控制一下，好嗎？」本來是跟他對面而坐的，現在我兩手撐在桌面上，整個人已經站起來，逼近過去，語氣也嚴峻得很。

然後阿虎還是乖乖點頭。

不知道是不是怒氣未消，那盤自助餐我並沒有吃完，話說完，把他丟在位置上一個人吃飯，我就直接下山，兩點鐘還要上班。哪知道剛走出餐廳，才踏上下山的路而已，我的手機就震動了一下，阿虎的簡訊說：「對不起，別生氣，我只是想關心妳。騎車要小心，到診所了給我個電話報平安好嗎？」

「崔阿虎！你是白痴是不是？」氣急敗壞，我把手機緊緊抓在手裡，扯開喉嚨就在路邊大叫一聲，管他路邊多少人嚇傻了眼，反正我知道他在餐廳裡還聽得到就好。

到底要過什麼屁生日呀？被我凶過後，安分不了幾天，阿虎又開始想些怪理由約我出去，不想跑遠，就在宿舍附近的茶攤子閒坐，我聽他說最近的事，包括機車亂停而被推倒、鞋子放在宿舍門口卻被踢到樓梯口、便當放在不能飲食的教室門口，結果下課時發現便當盒整個都被偷了……

「夠了夠了，拜託爛事你自己知道就好，不要一一告訴我。」簡直聽不下去了，我趕緊揮手制止他。

生日，對我而言沒多大意義，尤其在婦產科工作後，更有這種感覺。生日能代表什麼？不過就是世界上多了一個我，如果是個天才，或者對世界有特殊貢獻，那生日還值得慶祝一下。要是像我這樣，功課不怎麼好，上班不怎麼專業，戀愛每一段都失敗，這種人的生日還有什麼好大張旗鼓？看著診所裡那些孕婦，每個人在生產時都驚天動地地慘呼，我更加覺得慶祝生日眞是一種不孝的行爲，沒有跪著去跟老母親道歉也就算了，還搞什麼派對？

「可是對某些人而言，妳的生日可能很重要呀。」阿虎還在試圖說服我今晚到店裡去慶生。

「某些人是指誰？你嗎？」我開門見山，「真的，求求你放過我吧。」

「至少讓我買個蛋糕給妳，好不好？」

「那麼有誠意的話，麻煩你幫我走幾步路，過去外帶一杯水蜜桃烏龍茶，然後幫個忙把帳付了，這樣我就很感謝了。」我看看手錶，「老娘上班快遲到了，行行好吧你！」

其實今天我向診所請了假，晚上也並不打算去上課。雖然不認爲有慶生的必要，但好歹可以偷偷給自己一點福利吧？租了幾部影片，還預先買好飲料跟零食，我覺得這樣就很棒了。

禮物？很久沒收過了。對比於去年生日，阿布掏出來的那枚戒指，還有種種浪漫，今年眞是儉樸。電影還在片頭預告時，我先打開一瓶啤酒，慢慢喝了起來。我在猜測，阿虎今晚一定有所安排，才會那麼堅持要我過去小酒館，那裡都是挺他的人，就算他要把整間店改裝，也不會有人有意見。但那又怎樣？那跟阿布向我告白時，把一整間義大利餐館布置得到處都是氣球有何差別？機關算盡太聰明的結果往往都不會有好下場，有時候費盡心思做些有的沒的，還不如一句簡單的祝福就好。

而說到簡單的祝福呢，除了嘉荷，幾乎沒有人傳來祝福的訊息，當然也沒有人打電話來。忽然沒了看電影的心情，我把畫面先關掉，拿著手機，爬到床上，就在靠床的窗戶旁邊趴著。窗外斜對面不遠就是大馬路跟陸橋，再過去就是學校大門。靠在窗邊，今晚下著濛濛細雨，我靜靜地發呆。

說沒有任何期待終究是騙人的，不管有一千一萬個理由，都只能用來掩人耳目，一旦正視自己的心時，就知道那都只是藉口。我期待，當然期待，而且期待得不得了，如果可以讓我選擇自己想要的生日禮物，就一兩個就好，我希望的是今晚能夠收到她們的祝福。那祝福裡也不用多說什麼，哪怕只是一通空白簡訊都沒關係，我是如此渴求與渴望，就讓我知道她們還關心我，這樣就好。

八點半時，我喝了第一口啤酒，手機沒有任何動靜。十點半時，阿虎打電話來，問我是不是真的不去店裡。

「煩不煩哪你！到底要我過去幹麼？我現在很忙耶，這裡一堆人在，走不開啦。」我裝忙，「你可不可以老老實實告訴我，你究竟想弄什麼把戲？我們有話直說好不好？這樣我真的很累。」話說到後來，我有種筋疲力竭的無奈感。

「對不起啦，我只是……只是很想幫妳慶生而已。」

「下午就說過了，我心領，好嗎？改天請你喝酒啦。」一通電話草草結束，我不想爲了這些而煩。不知道阿虎能否明白，愛情不是前一個競爭對手退出後，你就可以順位遞補上的，那不是愛情，因爲不管他對我再好，做得再多，沒有感覺就是沒有感覺。我把啤酒喝乾，吐出一口酒氣，心想，司馬昭之心都已經路人皆知了，他還要繼續演下去嗎？如果可以大大方方告白，或者我還會認眞考慮是否接受，像他這樣老是曖昧不明，還硬要說是什麼好朋友的慶生會，我會答應才有鬼。

眼看著已經過了十一點，還沒有想看電影的心情，零食一口都沒吃，倒是啤酒已經喝光，整個人趴在窗緣，我的視線逐漸模糊，不是因爲睏了想睡覺，而是我感覺臉上似乎有一點淚意。

十一點四十八分，只剩最後十二分鐘，我抽完盒子裡最後一根菸，揉揉因爲睜得太久而有點痠疲的眼睛，或許應該放棄了吧，等不到的就是等不到，人們最渴望得到的東西，往往都是得不到的，對不對？我苦笑著安慰自己，沒關係，做人要甘願點，當初是我自己不要的，現在當然不能勉強別人來接受我。

手撐著窗邊，趴太久了，腰很痠，我想去洗個澡，沖掉一身酒氣，跟剛剛細雨飄進來時，被雨水沾濕的一整張臉，然後早點睡覺。不想等到十二點整，是因爲我沒有勇氣承受那種希望落空的失落感。有種腰快斷了的感覺，費了好一番功夫才爬到床邊，中間還停下來喘了幾口氣，看樣子是老了，骨頭快不行了。正想抬腳下床時，我頓了一下，耳朵彷彿聽到什麼震動聲。

那瞬間整個人像是吃了仙丹似的，忽然全身充滿力氣，我睜大雙眼，轉了個彎，急忙又爬回來。手機就擱在窗戶邊，拿起來一看，上面顯示著有一封簡訊。

「小紫的電話沒電了，我剛跟她聊完，她說暑假要來台南，妳要不要排個時間一起？很久沒有三個人聚聚了。還剩下十分鐘，除非妳的時間不準，不然應該還不算來不及。生日快樂。」

反覆看了一次又一次，確定發送這封簡訊的號碼是韻潔的沒錯，然後，我就哭了。

那是我這輩子收過最棒的生日禮物。

37

「聽說你們學校的附設醫院最近有點醫療糾紛？」赤崁樓斜對面的茶店裡，六個人分坐長桌兩邊，充滿和式風格的裝潢布置，顯得很有人文氣息，這是韻潔挑的地方。原本說好了是我們三個女生的聚會，但現在長桌的另一邊卻坐了三個男的。一向溫和的小紫，她對面當然是鬼頭鬼腦的梁子孝，我面前則是連便當都會被偷的笨蛋阿虎，而氣勢向來強盛的韻潔，她正對面則是一派無所謂模樣，但臉上線條剛毅分明的耀哥。剛坐下來，才點完飲料，韻潔就問了第一個問題，而且問話對象是耀哥，我在猜這算不算是擒賊先擒王？

「還好，醫療行爲本來就難免會出現一些糾紛，那只是認同與否的問題。」耀哥聳肩，非常公式化的答案。

「把一塊紗布掉在病人的傷口裡，然後縫起來，這也算是認同的問題？」韻潔質疑，「那個案子現在還在我們律師行，看樣子官司打贏的機會不小。」

「無所謂呀，反正當時拿手術刀的又不是我。」

「那你以後拿了手術刀會怎樣？你打算放什麼進傷口裡？」分明是在挑釁了，我不懂韻潔爲什麼要這樣做，不過從她在茶館外面看到耀哥的第一眼就在眉宇間顯現殺氣的樣子看來，今天她可能不會善罷甘休。

「不管掉什麼都沒關係，撿起來就好了嘛。」我乾笑兩聲，趕快想打圓場。

「就怕忘了撿，到時候病人又跑到我們這裡來請律師寫狀紙，那可就尷尬了。」韻潔「哼」了一聲。

我的手心開始冒汗，不曉得接下來耀哥會怎麼回答，結果想不到一旁的梁子孝搭腔，說了一句很要命的話，「上星期聽說貴校發生了教授跟女學生的婚外情，不知道那是不是在貴系喔？這個案子現在也在你們律師行嗎？」

「他媽的梁子孝你說什麼？」果不其然，一切簡直跟當年沒兩樣，韻潔的脾氣立刻爆炸，一拍桌子，她幾乎就要站起來，「你老大到底有沒有告訴過你，講話要看輩分！」

「當然有，不過我老大也說了，遇到白目的時候不必等他下命令，我們可以直接嗆回去沒關係。」梁子孝還非常輕鬆的表情。

那瞬間我跟小紫急忙站起，一人拉住韻潔一邊的衣袖，費了好大勁才讓她姑且息怒，暫時先坐下來。

趁著韻潔走到角落去接一通律師行打來的電話，耀哥跟梁子孝也下樓去抽菸時，我用力踢了阿虎幾腳，問他到底在搞什麼，這個聚會原本只是我們女生的事，他硬要跟來也就算了，幹麼約耀哥？又不是不知道他跟韻潔是多年的死對頭。

「因爲我想說阿孝一定會跟小紫來呀，那既然這樣，當然順便約耀哥，妳們可以聚會，我們也可以聚一下呀。」他無辜地說。

「那你現在可以端著飲料，滾到隔壁桌去了，媽的。」我又踢了一腳。

「算了啦，我們小心一點，別讓他們打起來就好。」小紫嘆一口氣，說如果把三個男生趕到隔壁桌去，這樣未免太見外，也挺尷尬的。

我還有點生氣，又瞪了阿虎一眼，威脅他，「要是待會又發生什麼狀況，老娘唯你是問！」在韻潔回來前，我把阿虎也趕下樓去，免得在這裡惹麻煩。

「妳瘦了好多。」小紫看著我，「不好意思，妳生日那天我沒傳簡訊給妳，因爲手機已經完全沒電了，不過我有交代韻潔。」

「我知道。」給她一個窩心的微笑，「謝了。」

坐在一起，我覺得心裡有很多話想說，一時又有點難爲情，不知道從何說起，小紫倒是先問起我跟阿虎。

「暫時還不可能吧，」我說：「他太過小心翼翼了，一點風吹草動都會杯弓蛇影，誰受得了？我跟朋友聊天聊晚一點，他會傳簡訊傳個沒完，問我跟誰聊，聊什麼，還問我在哪裡聊。天哪，我們現在只是比較好一點，他就監控成這樣了，那要是以後還得了？」

「想得單純一點，那不過就是喜歡一個人時會有的反應，不是嗎？」小紫說：「梁子孝也很在乎我在學校裡的一舉一動，每天還要我定時通聯，回報實況呢。」

「妳不煩嗎？」

「習慣就好。」小紫微笑，「妳知道這個人只是關心妳，擔心妳，除此並無他意，這不就好了？況且，我也會很想知道他人在哪裡，在做什麼，只是我覺得不需要這樣處處探問，所以除了晚上，其他時間我幾乎不會打電話給他，頂多傳傳簡訊也就夠了。」

「天哪，你們都瘋了。」我搖頭嘆氣。

「我說眞的，那是因爲目前的妳並沒有把他當成戀愛的對象，才會覺得他干涉太多。妳有沒有想過？只要把心態調整一下，試著從愛情的角度去看，或許就會有不一樣的感覺了。」

我說這很難，一年多前也聊過，那時就講了，阿虎這個人我已經認識太久，對他很難有超乎朋友的感覺。

「而且我不會希望除了忙自己的事外，還得一天到晚擔心男朋友的功課，那太累了。」我搖頭。

「阿虎成績很差嗎？」小紫皺眉。

把上次跟他去百姓公廟偷拍死人骨頭的事說了，還告訴小紫，今天來的路上，我在雜誌裡看到一個叫做張大春的作家專訪，那時我問阿虎，知不知道張大春是誰，結果那個白痴居然跟我說他只知道陳小春。

「這種男人我嫁給他要幹麼呀！」我很激動地說。

「或許只是妳還沒發現他的好，考慮一下，給他個機會嘛，都這麼多年了，排隊也該排到他了，對不對？」跟我一起笑完，小紫努力保持鎮定地說。

「那可不見得，妳看每年春節前，在台北車站排隊買返鄉車票的那些人，又不是每個人最後都會買到位置。」我說：「別人我不敢講，但是阿虎呀，他大概就是那種排排排，排到最後，眼看著就到售票口了，結果發現座位全都賣光了的那種。」

又是捧腹大笑了一陣後，小紫又說：「總之呢，沒有要逼妳的意思，只是想提醒妳，看看也想想，這些年來，妳認識過多少男生？有多少人直接或間接地追求過妳，事過境遷後，又剩下幾個人還在身邊？或許妳最該珍惜的，其實是妳平常最忽略了該珍惜的那一個，對不對？」

「對呀，」我忽然撲過去，給小紫一個很大的擁抱，「我覺得最值得我珍惜的，就是妳跟韻潔了！」

小紫被我嚇了一跳，還沒掙脫我的手，結果一個聲音在我們後面傳來，「噁心話可以省省了，我們的餐點到底什麼時候才要送來？老娘已經餓扁了。」韻潔用受不了的表情看著我們說。

或許，我最該珍惜的，是我平常最不懂得珍惜的？

38

我不相信一見鍾情，人跟人絕不可能完全不認識就直接談起戀愛，但大多數時候，我也不相信日久生情，這不必說了，阿虎就是個典型的例子。所以說來說去，開始一段戀愛最好的方式，還是像以前我跟阿布那樣，不多不少，剛剛好的時機，他向我告白，這樣就可以了。那是一種順理成章，或者順水推舟的感覺，誰也不勉強。

因爲一個異想天開的念頭，我跟阿虎說，過年反正都是要回基隆，與其在車站排隊枯等，不如玩大一點，直接騎機車回去。這本來是個我認爲一定會被否決的提議，沒想到阿虎看看我，又看看他那部很破舊的機車，居然點頭。

不過一上車我就後悔了，他的機車很小，坐墊非常不舒服，從沙鹿出發，騎了一個半小時才到新竹，而天早已經黑了。很冷，又是沿著西濱快速道路跑，冷風一陣陣吹來，鑽進衣袖裡的感覺很不好受，我有全罩式安全帽跟圍巾也就算了，阿虎的安全帽跟龜殼似的，雖然穿著大外套，但在路邊休息時，我看見他的手已經幾乎快凍僵了，不斷顫抖，整個手背都發白，連血管也隱約可見。

「讓我騎吧？」我說：「至少我身上的東西比你保暖。」

「不用啦，我還好。」說著，他在身上到處塞暖暖包，我約略數了一下，剛剛從便利商店裡買了八包吧，除了一包在我手上，其他的居然全都塞進他衣服裡了。

「你確定？我可不希望你成爲今年冬天第一個被凍死的。因爲這種緣故而上新聞，我會很丟臉。」我皺眉。

「妳知道我是誰嗎？我是阿虎耶。」他很驕傲，但一點都沒有氣概地說。

過關渡橋時已經很晚了，我們在路上吃過晚餐，喝了很多熱湯，還拚命往嘴裡塞巧克力。好不容易才到淡水，原本想問他要不要乾脆把車丟在這裡，只要一通電話，基隆那邊多的是朋友可以開車來載，但阿虎拒絕了，他說爲山九仞，不應該功虧一簣。

「引經據典耶！」我嚇了一跳，問他這句話是誰說的，結果他說如果沒記錯，應該是老子。

「老你媽啦。」我差點沒暈倒。

那次台南聚會後，我終於開始相信，眞正的友情絕不會因爲誰要跟誰談戀愛，或者誰對誰的生活價値觀不認同而產生變化。我們見面的時間都少，本來能溝通的機會就有限，而各自處在不同環境裡，對事情的看法也會有所出入，所以在觀念上不可能完全沒有衝突。就像聚會結束時，韻潔對我說的，「眞正的朋友，不會因爲妳今天決定跟誰談戀愛而出現嫌隙，對我跟小紫來說，妳喜歡誰都無所謂，要跟誰在一起也都沒關係，我們唯一在乎的，是妳會不會受傷害而已。」

那天，在赤崁樓旁邊的公車站牌前，我的眼淚像水龍頭故障一樣，用掉了小紫隨身的兩包面紙。而韻潔叫手足無措的阿虎去想辦法，結果五分鐘後，他拿了一條從便利商店買來的毛巾跑過來，讓我登時忘了眼淚，笑得連鼻涕都噴出來。

所以我們約好了，以後無論發生什麼事，我都會乖乖地，也老實地，把自己的想法說出來，不再隨便亂猜，也不再疑神疑鬼。這個過年，我們要在基隆一起度過，就像很多年前，大家都還生活在那個雨下個不停，到處都發霉的城市裡時一樣。

我也答應小紫，會多想想她的建議，畢竟她說的也不無道理，阿虎雖然有太多缺點，但至少，他是這麼多年來，自始至終都堅持陪伴著我的人。如果一點機會都不給，那對他眞的也不太公平。

「幹麼對他那麼好？妳可以繼續拒絕下去沒關係。」那天我們上了公車，在最後座，聽完我對小紫的承諾，梁子孝忽然插話。

「爲什麼？」那時我納悶地問，這話不像身爲阿虎結拜兄弟的人所應該講的。

「因為妳給他再多機會也沒用。他做的一切如果都感動不了妳，其實都是白搭。」梁子孝說：「等妳有了被他感動的感覺時，再考慮要不要給機會就好。」

是這樣嗎？在搖搖晃晃的公車上，我看著靠在車窗邊，已經睡到開始流口水的阿虎，心裡一直半信半疑。事隔多日，現在我們在機車上，從淡水沿著濱海公路，要繼續跑完這最後一段路回基隆，兩個人都冷得發抖時，我依舊還不能很肯定。

怎樣的感覺才算感動？或者，一個人要付出到什麼程度，才能讓另一個人感動？阿虎為我做的難道還算少？可是如果以前那一切都讓我無動於衷，以後我又怎麼可能感動？

「喂！」想著想著，我發現自己又開始鑽起牛角尖。我要中止這段漫無邊際的思緒，於是用力拍了阿虎頭上的龜殼，他嚇一大跳，機車也晃了一下，差點翻倒。

「幹！妳是神經病嗎？」他大叫，趕緊穩住把手，把車速放慢。

夜裡很冷，北海岸迎面過來的除了刺骨寒風，還有一陣陣來自海邊，被刮起的細沙。撲打在身上很難受。阿虎回頭時，我看見他的臉皺成一團。

「我問你喔，很認真地問你喔，所以你要想清楚再回答我喔。」我說：「其實你很冷對不對？」

「這問題有什麼好想的？」阿虎用納悶的表情看我，「冷得快死了。」

「既然這樣，那爲什麼不讓我騎車？」我立刻接著問。

「因爲……」他想了一下，然後說：「因爲耀哥說女生騎車都很笨。」

「狗屁，零分！再想一個。」我又拍了他腦袋一下。

「因爲……」他又想了想，說：「因爲其實那是阿孝說的。」

「狗屁，又零分！再不老實說你就試試看！」我握起拳頭朝著他，「信不信老娘一拳打爆你？」

他臉上露出非常爲難的表情，也不知道在爲難什麼，又過了好半晌，停在原地吹冷風的我都已經開始後悔了，早知道別問這個，害我們現在卡在路邊動彈不得。

「因爲很冷呀。」他忽然說話。

「然後呢？」

「然後……」他吞吞吐吐地，終於從嘴巴裡吐出幾個字來，「然後我覺得與其妳冷，還不如我冷啊……」

現在，你只缺一次告白就成功了，阿虎。

最終回

後來我們沒回家，一來是天才正要亮，這時間到家太奇怪，我媽要是看到我會很納悶，那就不得不說出我跟阿虎騎車回來的事實，這會被我媽打死。二來是反正都已經冷了一整晚，身子都麻木了，在適應低溫後，其實也就不覺得那麼冷了。既然如此，那何不趁著天亮後到處都是人之前，我們先去晃晃？

「妳怎麼會想來這裡？我以爲妳會想去更上面的望幽谷的。」先騎到度天宮去，我站在欄杆邊遠眺。很微妙呢，跟上次我一個人來時的心情居然差這麼多！一邊感嘆，一邊聽到阿虎的疑問。

「因爲這裡有我們六個人很重要的回憶呀。」我說。自從半夜裡，在路邊聽他囁嚅著說完那句話，我忽然整個人開竅了似的，終於明白了梁子孝說的話，原來，那就是一種感動的感覺。所以後來我沒再繼續逼問他，卻輕輕地跟他說了聲，「繼續往前騎吧，慢一點，騎太快你會冷。」沒想到這一騎，我們就騎到了度天宮前。

「我知道，那個老頭嘛，對吧？」他很得意。

「你也還記得？」我很詫異。

「一輩子妳有幾次機會被人家說是人中龍鳳？這種事當然要牢牢記得。」他頗爲驕傲地說，害我忍不住地笑了。

那年，在度天宮，韻潔跟耀哥起了口角，眼看著就要打起來了，我們都束手無策時，結果不曉得哪裡跑出來一個老頭，用一陣笑聲打斷了兩邊正高漲的怒火，那老頭看看大家，說我們六個都是人中龍鳳，能聚在一起是天大的緣分，只是善緣孽緣，都要靠自己去把握。

這故事我記得，小紫記得，但我沒想到阿虎居然也沒忘。感嘆著，好幾年就這麼過去了，眞高興我們都還能聚在一起。雖然，韻潔跟耀哥的敵對眼光可能一輩子都化解不了。

在開始有幾個晨間運動的老人們走上來時，我們順著小路騎車下去，經過小紫她外婆家時，我特地留意了一下，沒有燈火，看來她外公外婆都還沒醒。小紫還在台北打工，她要除夕前才會回來。我仍舊沒有想回家的念頭，叫阿虎往八斗國中過去，他更納悶了，問我去那裡要幹麼？

「叫你騎就騎，反正到了會告訴你，別像個老女人一樣問個沒完行不行？」剛剛那份感動後所延續的溫柔忽然不見了，我覺得這才是我跟他的相處方式。不管以後會變成怎樣，我認爲總有些是不變的，就像這些。

八斗國中的校門只開了一個小縫，讓一些來運動的人們進出。我跟阿虎把機車停在校門口，警衛用納悶的眼光看了看，倒也沒多問。走進校園，我帶阿虎走到以前國三教室的那一棟樓，順著階梯而上，果然如預期般，那道鐵門在這麼多年後依然沒鎖。

「這裡是妳們以前聚會的地方，對不對？」站在天台上，看著遠處的八斗子漁港，阿虎問。

點頭，我說這裡最早是韻潔發現的，後來才成爲她跟我們相約的老地方。

「那韻潔爲什麼會發現這裡？校規應該有規定，天台不可以上來吧？」

「這個你要去問她，我也不知道爲什麼。」我聳肩。

望過去，天空是深深的藍，雲層很厚，而且開始隱約有細細的雨絲飄下。憑欄而立，我的目光看在很遙遠的海面上，一片霧濛濛，充滿了迷惑與茫然。好久好久了呢，終於又再度踏上這個天台時，一切竟然彷彿都還在眼前，所有的人、事，原來都不曾眞的走遠。

我看得都痴傻了，幻化過心裡的畫面又多又凌亂，有些是發生在這裡的，有些是發生在台中的，我發現這一年多來浪費了好多時間，忽略了好多人，也忘了自己曾有過的初衷，但又何其幸運哪！在我以爲已經跌落谷底，不會再有任何人同情我時，這才發覺，身邊其實一直有人在關心著，那些曾一起共患難，一起成長的夥伴，原來始終沒有眞的離開過，只是因爲我忘了珍惜，才看不見他們的存在而已。

想著，忽然有眼淚流了下來。這片海如此熟悉，勾動的全是我最深心裡的回憶與感觸，看得出神，我連雨漸漸變大了也沒有感覺，直到阿虎問我要不要回去了。

「妳那是在哭嗎？」指著我的眼淚，他又變得小心謹愼，帶著點膽怯的語氣問我。

「不能哭嗎？」

「可以是可以啦，只是，我可以問爲什麼嗎？」瞧他那賊頭賊腦的樣子，我眞的又開始想笑了。

「因爲下雨呀，我一到雨天就想哭，你不知道嗎？」

「爲什麼雨天會想哭？」他抬頭看看這細雨飄飄的陰雨天，納悶地問。

「因爲有太多悲傷、太多感慨，一到雨天我就會想起來。」不想再開他玩笑，這次我想認眞一點。然而沒想到，就在我自以爲說得很感性時，他居然點點頭，然後拆下一條他一直掛在脖子上的項鍊。

「這樣的話，那我有一個好辦法。」說著，他叫我就在天台的欄杆邊坐下。

「幹麼?」換我一頭霧水了。

「我以前學過催眠喔,想不到吧?讓我來幫妳。」他自鳴得意地說著,把鍊子拿近一點,開始輕微地搖晃,說:「妳現在看著鍊子,它正在規律的擺動,對不對?」

「對。」我瞪著眼睛,很認真地回答。

「妳不要講話啦!看就好!」他瞪我一眼,制止我開口,但鍊子還在搖晃,於是我只好乖乖閉嘴,看他玩什麼把戲。「看著,看著,妳會開始想睡覺,腦袋昏沉沉,然後妳就會閉上眼睛喔。」他聲音很輕地。

好吧,就陪你演一下。我心裡竊笑著,真的聽從他的指示,把眼睛輕輕閉上,就在我開始考慮要不要假裝打呼時,他又說話了,「這雨天很舒服,淋起來會覺得很開心,一點都不會感到難過喔,妳現在是個沐浴在母親肚子裡的小寶貝,整個人都是全新的……」

我很懷疑,這種催眠方法是誰教他的?如果這樣也能成功,那改天換我來試試看,搞不好我會變成世界有名的催眠大師。強自壓抑著笑,我逼迫自己很專心地繼續聽他鬼扯。

「聽著,親愛的謝婉莉小姐,妳再過十秒鐘就會醒來,醒來後會忘記以前所有的悲傷、所有的難過,那些全都會離妳遠去喔,妳將會擁有一個全新的生命,就像雨停了之後會出太陽一樣,在陽光下是不需要哭泣的,對不對?」聽著他非常溫柔的語氣,我慢慢地放下了想嘲笑他的念頭，就沉醉在充滿呵護的聲音裡。或許這就是阿虎最眞的一面，而我終於完完全全地明白，或許以後他還會蠢得想去催眠別人，但我相信，這樣關愛倍至的口吻，就只有我能聽得到了。

「在那個新生命中，妳只有樂觀、開朗，還有無止盡的喜悅，」我在等他倒數，但他卻拖了好半天才把話說完，想必是一邊催眠的同時，他也在想台詞吧？

「十、九、八、七、六、五、四……」終於開始倒數，沒想到就在最後三秒鐘，他忽然停了下來。有點疑惑的我本來想偷偷睜開眼睛瞄一下的，但他忽然又出聲了，「等一下等一下，剛剛忘了說，在妳重新又睜開眼睛後，除了樂觀開朗跟喜悅之外，從今以後，妳會深深地、深深地、深深地、深深地愛上我。三、二、一。」然後我睜開眼睛，距離非常近的，是阿虎極認眞的表情。

「怎麼樣？」他好奇地看看我。

「你這個超級大白痴。」而我笑著，給他一個擁抱。

我相信你的催眠絕對是成功的。

【全文完】

◇後記◇

那些我們所忘了珍惜的

我一直想等修完稿子再寫後記，但當我終於完成修稿，看著令人滿意的字數統計時，忽然又忘了自己想寫什麼。這是「青春光年三部曲」的第二部，銜接著《左掌心的思念》，也要承繼起《7點47分，天台上》，這故事叫做《雨停了就不哭》。老實說，除了《左掌心的思念》，其他所有的書名，包括三部曲系列大標題，全都讓人煞費苦心，簡直到了絞盡腦汁的地步才想出來。一直以來，我最不擅長的就是構想書名，那比寫小說還要痛苦萬倍。

大概是從《左掌心的思念》寫到前幾回時，就開始有這打算，希望可以寫一個很長很長的故事，把一群人的悲歡離合寫成續集又續集的小說，所以不知不覺間，將身邊很多朋友給抓了進去，他們的愛情故事通通變成了小說。當然，結局不全然都相同，有更多的是作者自己的期望，雖然期望往往跟現實不相符合。

不管這一系列的故事在發想時是怎樣的，麻雀跟阿虎始終是配角人物，插科打諢，一旦要變成主角，那種該具備的光芒其實很難突顯，尤其麻雀的個性並不常思考，對很多事往往只憑本能反應，這樣的人物很難寫出內心戲。故事開始寫之前，坐在我店裡的沙發上，跟現實中那隻麻雀討論起她自己的個性時，我就覺得這下他媽的糗大了。不過也蒙她這個性所賜，因為她的沒大腦，所以日子才過得驚濤駭浪。沒內心戲的結果，就是狀況連連，還真是高潮起伏。

無論如何，慶幸的是小說終於寫完了，在相當程度上，至少都依據著現實人物的原型，總算沒有偏離太大。而維持初衷，我讓阿虎從頭到尾都被打得跟豬頭一樣，這也實現了我對他單方面的承諾，雖然他很不爽。

每個人看待愛情的角度，以及處理愛情的方式都不盡相同，很多根深蒂固的觀念裡認為不可能的，往往總是出人意表，麻雀跟阿布是如此，跟阿虎也一樣，當然這些要留給看小說的讀者慢慢體會。我很喜歡小說裡男女主角為了愛情犧牲奉獻的態度，也很喜歡那些愛情之外的情感及人物，包括了婦產科的徐醫師、小酒館的人情味，以及會貫徹這三部曲，始終不變的，他們的友情。

盡一個作者的本分，把該寫的東西寫好，期望讀者們在小說裡能找到一些可以獲益的地方，這樣就很足夠了。縱然有太多的前輩們對網路小說不抱持好的觀感，但至少這是最貼近生活的故事，也是最容易引起共鳴的題材，老實說，念了太多年純文學後，我覺得自己還能寫得出這麼沒文學分量，卻讓很多跟文學沒有直接關聯的讀者感動的故事，或許應該稍稍滿意與欣慰一下。所以很遺憾地，就算這些年來老是在耳聞那些批判性很強的字眼，我覺得我還是會繼續寫下去。

編輯曾問過我，這三部曲的衝突點在哪裡，《左掌心的思念》強調了永恆的遺憾與短暫的愛情之間如何抉擇，《雨停了就不哭》談的是那些我們生活中原以為最不需要珍惜的，其實反而是最該珍惜的，而之後的《7點47分，天台上》則有更多更多要寫的。編輯問我喜歡哪一部，我說以故事的氛圍而言，本來我就特別偏愛那種純純的青澀戀情，所以《左掌心的思念》很得我心，但事實上《雨停了就不哭》描述的是非常貼近生活的內容，寫起來很開心，不過，真正讓我從三部曲的構想開始，就一直非常期待的，則是最後那一篇，關於韻潔與耀哥的故事，在故事中那段積累長達十年的恩恩怨怨，終於到了要清算的時候，是分是合也該有個交代了，對不對？希望你們也會跟我一樣期待。

穹風　二〇〇九年三月五日台中，沙鹿

青春光年三部曲之

7點47分，天台上

（搶先試讀）

穹風 著

南島夜雨，瀟然如北方那城裡霧濕朦朧。
聽說，不變的回憶如昨——
十年後還依舊哪，你的臉孔。

符讖般的時刻將面具下騷動靈魂緊緊固鎖，
7點47分，天台上，不見不散。曾經這麼說。

2009年11月即將出版

01

淋了一身濕，在路邊站好久才攔到計程車，好不容易上了車，臉上的雨水都來不及擦拭，手機又響，客戶一通電話打來，問的全是官司的勝算。

「如果你們連自己是怎麼撞車的都語焉不詳，那我要拿什麼上法庭去講？」對著電話，我說：「這件事建議你們還是在裁決所裡和解吧，老實說，根本沒有打贏的空間，酒醉駕車耶，光是公共危險罪就夠你們受的了，更何況還無照駕駛又撞傷人？沒坐牢算是撿到便宜了，還奢望誰來賠償你們損失？無論法理或人情，都沒有足以說服法官的理由的。」我懶得囉唆，掛掉電話。

南台灣的盛夏午後，多年來始終如一的雷陣雨下得人措手不及，剛從修車廠離開，腦海裡的畫面停格，全都是那部撞爛的車，保險桿凹了一塊，車內外都血跡斑斑。我搖搖頭，拍拍自己的前額，但怎麼也無法將這些畫面從記憶裡甩出去。

回到事務所，大雨暫時歇緩，沈律師很貼心地遞過來一杯熱咖啡，問我結果如何。

「這案子不接也罷，眞的。」我搖頭說這百分之八百要輸。

「沒有轉圜餘地嗎？」她問。年過五十的沈律師保養得很好，中年婦人的韻味十足，她坐在我的桌緣，充滿女人味，不過從眼神裡我看見她精明能幹的銳利，以及那種敗中求勝的企圖心。

「有啊，」我點頭，說：「如果立法院重新修法，讓無照駕駛跟酒醉駕車肇事都變成無罪的話，那我們就鐵贏。」

事務所裡爆出一陣笑聲，聽到我那幾句話的人都捧腹不已，只有沈律師嘆口氣搖搖頭。我把相關資料整理好，交給旁邊實習的小妹，叮嚀她接下來要跟進的細節，然後準備繼續下一個案子。

「那這個呢？妳覺得怎麼樣？」見我打開卷宗，沈律師又問。

「這個案子還有空間，不過我覺得最好換人接手。」看了個大概後，我說。

「爲什麼？」

「恕我拋開律師的專業立場，就個人立場認爲，觸犯強暴罪的犯人應該直接槍斃，沒有審理的必要。」我斬釘截鐵地說。

「他現在還只是嫌犯，還沒定罪。」指著卷宗裡的敘述，沈律師提醒我。

「妳把案件敘述看得更清楚一點。」我將卷宗轉過去，遞給沈律師。那裡面敘述的，是一個還在念碩士班的高材生，如何藉著夜黑風高時潛入女生宿舍，性侵自己同校大學部學妹的內容。「我所謂的還有空間，是指如果他上了法院，跟法官說他腦袋有問題，或者精神狀況異常的話，也許法官腦袋打結了會相信他的鬼話，然後判他無罪，或者認爲他以後可能發明不必通電也會亮的燈泡，對科技將有極大貢獻。」

我停了一下，接著說：「強暴罪犯耶，這種人應該拉出午門處斬，甚至凌遲碎剮，幫這種人打官司，無疑是侮辱了律師的專業跟人格，而且官司打贏的機率比人類長翅膀飛到火星的機率還低，幹麼沒事給自己添一場敗戰？」

「基本上律師是不需要挑客戶的，反正總會有人付錢的嘛。」她苦口婆心地勸我。

「第一，我不覺得這個喪心病狂的強暴犯付得出所有的訴訟支出，妳看他的簡歷就知道，他家是低收入戶；第二，這個出身低收入戶的高材生，完全辜負了他父母含辛茹苦拉拔他的恩情，居然幹了這種禽獸不如的壞事，這種人並不値得我們爲他辯護；最重要的是，第三點，我是非常堅定的女權主義者。」看著已經瞠目結舌的沈律師，我下了一個結論說：「所以，我們就讓他去死吧。」

拖著疲憊的步伐走出事務所時，天色早已完全黯淡，晚上十一點半。肚子很空，但絲毫不覺飢餓，意興闌珊地從府前路離開，孔廟那邊莿桐花巷裡的茶店大概幾乎都打烊了吧？沒有特別想去的地方，我在後火車站成大商圈隨便買了點消夜，騎車回到宿舍時，在

7點47分，天台上

巷口剛好遇到夜間巡邏的警車，他們每天都很準時，晚上十二點固定出現在這條巷口。

「中秋節要不要回基隆？」正在掏鑰匙開門時，電話響起，這是今天第一通非公事的來電，看著麻雀的號碼，我心裡感激萬分，總算有點跟工作無關的事了。

「沒有吧，幹麼？」把電話夾在肩膀上，我那爛門鎖非常難開，鑰匙轉了半天都打不開，一邊開門的同時，我先踢下了左腳上的高跟鞋，但右腳的鞋子還卡在腳踝上。麻雀說她畢業到現在都兩年了，連續兩次中秋節都沒回家，覺得很對不起老母親。

「妳要陪妳老媽那就回去呀，關我什麼事呀？」

「哎呀，你們都不回去的話，那我自己多無聊啊？」電話裡麻雀嘮叨個沒完，「我在基隆又沒多少朋友，回家搞不好也遇不到我老媽，她一天到晚跑去慈濟當志工。如果大家一起回去，就可以約一約去望幽谷烤肉呀，也可以去小紫她家玩，再不然就到八斗國中的天台去敘舊聊天嘛。人哪，不可以一天到晚活在當下，偶爾也要緬懷過去一下啊，對不對？一個人的現狀無論再怎麼豐富動人，都是靠長時間的過去所累積的，我們有空當然要多做點回顧嘛，大家聚在一起才熱鬧嘛。」

「顧個頭，」我說：「就三個人而已有什麼好熱鬧的？」

「怎麼會只有三個人？我們六個可是緣分永遠纏在一起的人中龍鳳耶！小紫一定會約那個鬼頭鬼腦的梁子孝，我帶阿虎，妳如果覺得少個人鬥嘴的話，也可以……」說到這裡，麻雀忽然噤聲。

「可以什麼？」停止了開門跟脫鞋的動作，我口氣整個轉變，「妳們可好，居然跟那個人的嘍囉們都搞在一起了，那我呢？妳現在是叫我約他出來談判，還是談戀愛？」

「這個嘛……」

「聽著，」我決定放棄這個爛門，朝著已經鏽得不像話的喇叭鎖一腳踹過去，「砰」地一響，將它踹開，進門後，踢去右腳的高跟鞋，我先點了一根菸，然後說：「老娘寧可一輩子在法庭上跟別人周旋，也不想浪費任何一顆腦細胞去應付那個不可一世，好像全世界只有他最厲害的傢伙。」

「唉唷……」麻雀還要講話，我又打斷她，「中秋節的約我會考慮，但能接受的最大限度就只有五個人，誰敢把那傢伙帶來，我就把那個誰殺了，丟進八斗子漁港裡面去。」

頓了頓，我說：「當然也會順便連韓文耀一起殺。」

✧

「我以我鍾韻潔之名發誓，一定會這麼做。」

02

在便利商店外解決早餐，我爲了自己只能吃飯糰的際遇感到可憐。昨晚熬夜，今天竟然睡過頭。停好機車，本來匆忙的腳步在事務所門口停下，看見那個強暴犯的老母親就坐在事務所裡時，我的眉頭皺了起來，決定轉身去附近的早餐店再好好補償自己一頓。

「妳在這裡多久了？」中午休息時，跟沈律師一起用餐，不若以往地叫便當，她約我到赤崁樓旁邊的度小月。滷肉飯端上來時，她也剛打開一瓶啤酒。中午就喝酒，表示她一定有話想對我說。

「好多年了，從大學到現在。」我算了算，大二開始打工，加上研究所，然後畢業實習至今已經足足六年。

「老實說，妳的表現一直很好，其實我很矛盾，不知道該鼓勵妳自己創業好，還是留妳下來擔任我的左右手。」沈律師敬了我一杯，「妳是少數讀法律的人當中，我認爲極具大將之風的人才。要知道，很多人讀法律讀了一輩子，卻不知道怎麼運用它。」

「謝謝。」喝乾這杯，我知道接下來她要說的才是重點。

「在這一行待了比妳多了很多個六年，也許是老生常談，但有些話我想還是應該跟妳說。」沈律師放下筷子，「一個法律人自有其應當具備的專業素養與正義感，當法律訴訟變成一項職業時，又不免要顧慮到金錢方面的問題，對不對？」

點頭，我已經知道她要說什麼。跟沈律師在這方面觀念的衝突，其實已經不是第一次，見她住口不語，雙眼直視著我，我知道她的意思。有些話不必說到太明白。「雖然也未必是長遠之計，但我想妳或許在我這兒上班會好一點，」她忽然笑了一下，「以妳的個性，自己開業的話，恐怕很快就會關門大吉。」

「謝謝。」敬她一杯，我笑著說。

討論過那個強暴犯的案情後，終於沈律師還是決定將它交給事務所裡的其他同事負責，我因此忽然空了下來。週五下午，固定都是免費的法律諮詢時間，跟幾個上門求助的客人解釋了一些法律常識後，也就沒有其他要事，早早離開，我一個人跑到青年路附近，就在鐵軌平交道旁的巷子裡，有間挺別致的酒館，整間店是由老舊的房舍改建，擺設也依足了古樸的民家風格，店名就叫「老房子」。除此之外，最重要的是，它下午兩點就開始營業，正適合蹺班的我。

「很早喔。」把啤酒遞給我，轉身又在吧台裡忙碌著的小工讀生說。

「偷得浮生半日閒。」我說。

也不見得是非得大白天就喝啤酒不可，然而今天的心情實在糟透了。早上面對那個強暴犯的老母親，看著老婦人哭哭啼啼的模樣叫人於心不忍，中午雖然沈律師沒有多說什麼，可是我明白她始終對我的觀念無法完全認同。好不容易耐著性子處理完下午的免費諮詢，現在我休息一下總可以吧？想是這麼想，其實坐在吧台邊，當這家店唯一一個客人，獨自聽著音樂時，我還是打開了資料夾，翻閱起事務所裡最近接到的幾個案子，看看有沒有之後用得著我的地方。工作六年來，我習慣了自己主動去找適合自己的案件，也習慣了自己處理其實可以交給工讀小妹的瑣事。

從午後四點坐下，一直待到六點多，外頭的天色已經暗下，不知不覺間也喝了三瓶啤酒，卻一點醉意也沒有，正打算結帳後，到便利商店再買瓶紅酒回家繼續喝時，手機突然響起，電話中沈律師問我人在哪裡，如果沒事，方不方便跑一趟高雄。

「高雄？」我愣了一下。

那是一個醫療糾紛，一位年紀已過花甲的老婦人，因為開刀的緣故，似乎造成了意外的感染，目前她的兒女們有提告的打算，不過要命的是，這病人目前還住在該醫院的病房中。那意味著，現階段要取得任何資料大概都很難，畢竟官官相護。沈律師給我患者的姓名和病房號碼，要我先去了解一下。

「醫療糾紛的案子妳也碰過，應該可以吧？」停了一下，她說：「這場官司可能也不好打，要試試看嗎？」

「再不接的話，我這個月大概沒薪水了吧？」我苦笑著說。

醫療糾紛哪！我心裡想著，這會是什麼樣的狀況呢？從「老房子」離開，回到宿舍換車。我爸把他淘汰下來的舊豐田丟給我，自己買了一輛新的賓士。這部破車平常在台南也派不上用場，難得今天才被我開出門。

從中山高一路南下，耳裡聽著甜梅號的〈三分之一搖籃曲〉，我的雙眼直視前方，心裡沒有任何想法，只想快點趕到醫院去，了解一下案情。

南台灣陷入一片黑幕之中，戶外卻依舊悶熱。大高雄地區正是霓虹似錦的時刻，我把車開進醫院停車場。其實願意負責刑事案件的女律師並不多，醫療糾紛也是。畢竟這些案件牽涉的層面很廣，牽扯到的人也較爲複雜。當我踏進醫院，看著已經結束門診時段後，空盪盪的大廳時，心裡卻想著，與其淪爲那些公司互告的案件中，在裡頭成爲一個任人使喚的棋子，我還寧願挑戰這些較爲艱難的任務。

我沒有直接到患者的病房去，先打了一通電話給她的兒子，但卻轉入語音信箱。正在考慮是否要直接造訪時，在大廳的候診椅邊，我聽到兩個人的對話，一回頭，是個看來較爲資深的醫師，正在教訓另外一個年輕的後輩。

「你知道自己只是個住院醫生嗎？」戴著眼鏡，看來很斯文的前輩，臉上充滿了怒意。而那個菜鳥背對著我，從這邊看過去，我只看到穿著白袍的他十分高大，雙手插在口袋裡，顯得很無所謂的背影。

「按照規定，在遇到你不能處理的狀況時，應該有什麼步驟，這個不需要我來多說了吧？」那個眼鏡仔盛氣凌人，雖然音量並不大，但我聽得很清楚，他指著菜鳥罵，「我是患者的主治醫生，有什麼問題應該立刻通知我，讓我來處理才對。你這樣貿然動手，要是出了事情，誰來負責？」

原來醫院裡也會有這種問題呀？忽然引起我一點興趣，想看看這醫院裡的醫生們如何內鬨，或許那對我接下來的案子會有一點幫助。主治醫生罵完後，原本我期待菜鳥會有點反應的，沒想到他居然只是聳了聳肩。

「你這是什麼態度？」然後換主治醫生不爽了。

原先還略帶一點點距離，現在我偷偷靠近了幾步，想聽得更清楚些，但沒想到那個主治醫生提到的卻全都是些醫學術語，我無法完全明白，只約略聽懂，是那個菜鳥在患者症狀加劇時，臨時決定動刀，控制住了病人心臟病的惡化，但這舉動顯然違反了醫學倫理，讓該患者的主治醫生非常憤怒。我好奇心起，帶著冷眼旁觀的心態，靠著柱子站立，想先看完這齣好戲。

「搞清楚一點，學弟，這裡還沒輪到你當家作主，病人開不開刀不是你決定的，就算他非得進手術室，也絕對輪不到你拿手術刀，懂嗎？」主治醫生往前靠一點，我看他大概是礙於身分，否則幾乎就要一拳揍過去了。「我知道你的成績很不錯，不過你最好別忘了，醫學體系裡不是你一個人成績好就可以，還要看全體團隊的合作。你跟大家的關係都處不好，真正上了手術台，也不見得別人就要來配合你。這次算你走運，病人讓你給救回來，但下次……」說著，他更捱近了一點，用即使壓低過後，但我還是聽得很清晰的聲音說：「你最好別再有下次，否則出了什麼事，別指望有誰來替你扛，懂嗎？」說完，他惡狠狠地瞪了菜鳥一眼，還用肩膀使勁地撞了他一下，這才走開。

而也就在這時候，當那個滿臉怒容的主治醫生剛好跟我擦肩而過，正要接近電梯口時，那個菜鳥忽然回頭了，他說了一句讓學長停下腳步的話，「換成是你，在那個狀況下，你認為你有能力救得了病人嗎？」

7點47分，天台上

這話讓我也跟著愣住。主治醫生就在我身邊，一臉錯愕地回頭。菜鳥的手還插在口袋裡，他非常平靜而冷淡的語氣，「我可以立刻通知你，可以在你來之前，把病人送進手術室，也將裡面的一切都準備好，就讓你來動刀。但是，你認爲你救得了病人嗎？或者，病人有命等到你來救嗎？」

「你……」然後我聽見主治醫生呆掉的聲音。

菜鳥沒有等待答案，他只是這樣簡單地說完，便轉身走出了醫院大廳，而我顧不得那個一臉茫然的主治醫生，也忘了原本面對這場脣槍舌劍時的看戲心態，拔腿就跟著往大廳的玻璃門外跑。

那個滿臉無所謂的菜鳥醫生，他頭上的短髮凌亂沒梳理，下巴有微微鬍髯，他方才說那幾句話時，臉上沒有傲慢，也沒有畏懼，只有平靜至極的眼神跟語氣，卻讓我全身爲之一震。

「好久不見。」追到門外，他剛點了一根香菸，也不管自己身上還有一件象徵著健康與純淨精神的白袍，我甚至發現他腳底下踩著的，居然是雙涼鞋。

「你在這裡上班？」愣了一下，我問。

「如妳所見。」香菸叼在嘴邊，韓文耀對我攤開雙手，很自然地說。

✧

會遇見的人，是無論多遠多久，都會遇得見的。

【《7點47分，天台上》，未完待續】

國家圖書館出版品預行編目資料

雨停了就不哭／穹風著. -- 初版. -- 臺北市；商周，
城邦文化出版；家庭傳媒城邦分公司發行，
民 98.07
面；　公分. --（網路小說；133）

ISBN 978-986-6472-95-4（平裝）

857.7　　98009667

雨停了就不哭

作　　者／穹風
企畫選書人／陳思帆
責任編輯／陳思帆

版　　權／翁靜如
行銷業務／賴曉玲、蘇魯屏
副總編輯／楊如玉
總 經 理／彭之琬
發 行 人／何飛鵬
法律顧問／台英國際商務法律事務所　羅明通律師
出　　版／商周出版
台北市中山區民生東路二段 141 號 9 樓
電話：(02) 2500-7008　傳眞：(02) 2500-7759
email：bwp.service@cite.com.tw
發　　行／英屬蓋曼群島商家庭傳媒股份有限公司城邦分公司
聯絡地址：台北市中山區民生東路二段 141 號 2 樓
書虫客服服務專線：(02) 25007718・(02) 25007719
24小時傳眞服務：(02) 25001990・(02) 25001991
服務時間：週一至週五09:30-12:00・13:30-17:00
郵撥帳號：19863813　戶名：書虫股份有限公司
讀者服務信箱 email：service@readingclub.com.tw
歡迎光臨城邦讀書花園　網址：www.cite.com.tw
香港發行所／城邦（香港）出版集團有限公司
地址：香港灣仔駱克道 193 號東超商業中心 1 樓
email：hkcite@biznetvigator.com
電話：(852)25086231　傳眞：(852) 25789337
馬新發行所／城邦（馬新）出版集團
Cite(M)Sdn. Bhd.(458372U)11, Jalan 30D/146, Desa Tasik,
Sungai Besi, 57000 Kuala Lumpur, Malaysia.
電話：(603)9056 3833　傳眞：(603) 9056 2833

版型設計／小題大作
版面繪圖／文成
版面設計／山今伴頁
電腦排版／浩瀚電腦排版股份有限公司
印　　刷／鴻霖印刷傳媒股份有限公司
總 經 銷／聯合發行股份有限公司
電話：(02)2917-8022　傳眞：(02)2915-6275

■ 2009 年（民 98）6 月 30 日初版
■ 2011 年（民 100）4 月 7 日初版16刷
Printed in Taiwan

定價／200元

ISBN　978-986-6472-95-4

城邦讀書花園
www.cite.com.tw

商周出版

廣　告　回　函
北區郵政管理登記證
台北廣字第000791號
郵資已付，免貼郵票

104台北市民生東路二段 141 號 2 樓

英屬蓋曼群島商家庭傳媒股份有限公司　城邦分公司

請沿虛線對摺，謝謝！

商周出版

書號：BX4133	書名：雨停了就不哭	編碼：

商周出版

讀者回函卡

謝謝您購買我們出版的書籍！請費心填寫此回函卡，我們將不定期寄上城邦集團最新的出版訊息。

姓名：＿＿＿＿＿＿＿＿＿＿＿＿＿＿＿＿＿＿＿　性別：☐男　☐女

生日：西元＿＿＿＿＿＿＿年＿＿＿＿＿＿＿月＿＿＿＿＿＿＿日

地址：＿＿＿＿＿＿＿＿＿＿＿＿＿＿＿＿＿＿＿＿＿＿＿＿＿＿＿＿＿

聯絡電話：＿＿＿＿＿＿＿＿＿＿＿＿　傳真：＿＿＿＿＿＿＿＿＿＿＿＿

E-mail：＿＿＿＿＿＿＿＿＿＿＿＿＿＿＿＿＿＿＿＿＿＿＿＿＿＿＿＿

學歷：☐1.小學　☐2.國中　☐3.高中　☐4.大專　☐5.研究所以上

職業：☐1.學生　☐2.軍公教　☐3.服務　☐4.金融　☐5.製造　☐6.資訊

☐7.傳播　☐8.自由業　☐9.農漁牧　☐10.家管　☐11.退休

☐12.其他＿＿＿＿＿＿＿＿＿＿＿＿＿＿＿＿＿＿＿＿＿＿＿＿＿

您從何種方式得知本書消息？

☐1.書店　☐2.網路　☐3.報紙　☐4.雜誌　☐5.廣播　☐6.電視

☐7.親友推薦　☐8.其他＿＿＿＿＿＿＿＿＿＿＿＿＿＿＿＿＿＿＿＿

您通常以何種方式購書？

☐1.書店　☐2.網路　☐3.傳真訂購　☐4.郵局劃撥　☐5.其他＿＿＿＿＿

您喜歡閱讀哪些類別的書籍？

☐1.財經商業　☐2.自然科學　☐3.歷史　☐4.法律　☐5.文學

☐6.休閒旅遊　☐7.小說　☐8.人物傳記　☐9.生活、勵志　☐10.其他

對我們的建議：＿＿＿＿＿＿＿＿＿＿＿＿＿＿＿＿＿＿＿＿＿＿＿＿＿

＿＿＿＿＿＿＿＿＿＿＿＿＿＿＿＿＿＿＿＿＿＿＿＿＿＿＿＿＿＿＿

＿＿＿＿＿＿＿＿＿＿＿＿＿＿＿＿＿＿＿＿＿＿＿＿＿＿＿＿＿＿＿

＿＿＿＿＿＿＿＿＿＿＿＿＿＿＿＿＿＿＿＿＿＿＿＿＿＿＿＿＿＿＿

＿＿＿＿＿＿＿＿＿＿＿＿＿＿＿＿＿＿＿＿＿＿＿＿＿＿＿＿＿＿＿